乐玲玉缘

leling yu yuan

汪乐玲◎著

安徽师范大学出版社
ANHUI NORMAL UNIVERSITY PRESS
·芜湖·

图书在版编目(CIP)数据

乐玲玉缘 / 汪乐玲著 . — 芜湖：安徽师范大学出版社，2022.1
(2022.4重印)
ISBN 978-7-5676-5250-7

Ⅰ. ①乐… Ⅱ. ①汪… Ⅲ. ①散文 - 中国 - 当代 Ⅳ. ①I267

中国版本图书馆CIP数据核字(2021)第251438号

乐玲玉缘 汪乐玲◎著

责任编辑：潘　安　责任校对：辛新新
装帧设计：丁奕奕　责任印制：桑国磊
出版发行：安徽师范大学出版社
芜湖市北京东路1号安徽师范大学赭山校区
网　　址：http://www.ahnupress.com
发 行 部：0553-3883578　5910327　5910310(传真)
印　　刷：苏州市古得堡数码印刷有限公司
版　　次：2022年1月第1版
印　　次：2022年4月第2次印刷
开　　本：700 mm × 1000 mm　1/16
印　　张：12.25
字　　数：156千字
书　　号：ISBN 978-7-5676-5250-7
定　　价：52.00元

▲ 抚 笛

▲ 佩 玉

▲ 吹葫芦丝

秋之舞 ▶

牡丹花开

燕子洞

新书房

迈向更成功的前方

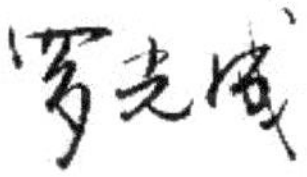

一

与巩固兄相识，应在1993年。其时，我们都还很年轻。

记忆中，阳光很好，我与宣传部某位同事一起，去三里见巩固。同事是巩固的朋友，我与巩固是初识。其时，巩固兄应是三里镇财政所所长。办公室的布置早已淡忘，难忘的是巩固兄敦厚的为人与火热的情谊。那日，在三里小镇一家简陋而古意横生的临街馆子，我们高谈阔论，谈笑风生，那种氛围，从那个午后，穿越时空，流淌至今……

当汪乐玲的新著《乐玲玉缘》要出版，巩固携乐玲来找我，请我作序时——尽管因时间等原因，对为人写序已没有曾经的热情，我无法拒绝地答应了。

因为，乐玲是巩固的爱妻。

因为，巩固兄笑着说，你为不为别人写我不管，反正你要为我们写。稍顷，巩固兄“胁迫”说，你要不写，这本书就不出了。

哈哈，对巩固兄，真没办法！看来，为了让这本满载着真善美文字的小书能够早日起航，我必须写几句了。谁让我们友情的基石，如此“巩固”呢。

其实，与巩固兄，自从1993年记忆中那个阳光很好的上午相识后，因为工作的不同，我们平常联络甚少，见面更少，甚至有许多年没有联系，更没有见面。但“巩固”这个名字，以一种形象符号——温和敦厚、热情真诚的形象符号，存于我记忆的磁盘，随时开启，一切新鲜如昨，嗯，就是这个样子的。

这大概就是青年时代情谊或认知天然蕴藏的力量吧。

二

2016年，县作家协会面向社会，践行自己“开门办会”的主张。

人民需要文学，文学更需要人民。“开门办会”，使县作家协会工作焕然一新。从县镇领导到普通职工，从文艺群体到一线劳动者，一批与作家协会本来陌生而疏远的文学爱好者，不论职务，不论职业，都可以带着对文学的好奇，托着对文学的梦想，充满对文学的情愫，坚守对文学的满腔呵护与偏爱，汇入县作家协会，共同书写全县文学的现今与未来。

巩固与乐玲，就是怀揣梦想、高举情怀，发奋努力，畅游在全县文学之河上，独特的一对文学伉俪。

多少次，巩固与乐玲，积极响应县文联号召，深入一个又一个美丽乡村建设点，挖掘历史文化，书写乡村故事。多少次，巩固和乐玲，积极参与送文艺进军营下基层文艺惠民活动，以文学编织美好的心灵，给社会奉献美好的精神。最难得的是，他们不讲条件，不计得失。

《乐玲玉缘》的出版，正是他们，或者准确地说，正是汪乐玲，在夫君潘巩固的坚定支持下，一路跋涉、情系乡梓的文学成果。

三

有一次，路遇巩固与乐玲。他们脸上由心的微笑，与之间初恋般的爱意，很容易打动每一个与他们相遇而过的人。他们告诉我，最近又在写什么，写的时候内心有什么样妙意横生的感觉。作为县文联主席与作协主席，只要别人谈起写作，谈到他们如何在写，我的高兴与欣赏，当然还有鼓励，肯定是自然而然不可少的。我对他们说，很好，有写作的冲动，就要趁热打铁，一鼓作气写下去；写，不停地写，是最重要的，作品，只有写出来，才是作品，再好的构思，再好的创意，不写出来，不形成完整的文本，终究是等于什么也没有的。也就在那次，我们在朦胧路灯之下的人行道上，谈到他们作品的结集出版。我对他们特别是对汪乐玲说，希望她一边写，一边整理，等到时机成熟，先出一本，然后再写，再整理，再出第二本。我说你们现在有这样好的物质生活条件，再加上有文学这样高尚高雅的追求，真的是人生美好而幸福的事。我还说，不要急，静下心，把人生与文学结合起来，融合起来，做一个五年、十年乃至更长远的规划，每两年写一本，一本本地出来，到时再精挑细选，编辑出版一套五卷本或十卷本的《乐玲文集》，那人生就充满别一番意趣了……

四

现在，汪乐玲的第一本作品集真的要付梓了。我为我县又多了一位拥有自己独立图书著作权的作家而欣喜。

《乐玲玉缘》收入34篇散文，是作家从近年来创作、发表的诸多作品中精选的，写景状物、触景生情，自然朴实、妥帖由心。尤其是写花，作家善于发现、敏于表达，将所写的花事，与花的品质紧紧糅合，与花的节律同步脉动，郁金香、月季、桃花、梅花、迎春花、石榴花、夜来香……花不仅成为作家写作的外部拟喻，更是作家抒写美好世界的精神符号。花与人，花与作家，因文学的书写而相互关照、相互辉映，形成生机勃勃的美妙风景。

祝贺《乐玲玉缘》公开出版发行！希望勤奋有为的汪乐玲在夫君潘巩固痴情不改的支持下，坚守文学的本心，不忘曾经的梦想，继续深入生活，扎根人民，为人民抒写、为人民抒情、为人民抒怀。脚踩大地，仰望星空，以更加高远的情怀、更加踏实的努力，写下去，不断写下去，写出自己的第二本、第三本……乃至朝着五卷本或十卷本《乐玲文集》的目标，"巩固"阵地，快乐前行，迈向更加成功的明天！

二〇二一年十一月二十二日

（作者简介：罗光成，中国作家协会会员，安徽省作家协会理事、安徽省报告文学学会副会长，安徽师范大学兼职教授。其作品《那些曾经花开的地方》曾入围第六届鲁迅文学奖。）

目　录

//… 第一编

//… 第二编

//… 第三编

第一编

郁金香

听说，临平公园里那富有异国情调的郁金香盛开了。我不想冷落家门口这个“异国仙女”，吃过早餐，先生往颈脖挂上相机，我斜挎一个小包，拎一杯香茶，我们迈着四平八稳的步子，去一饱眼福。

在蔚蓝的天空下，经过五分钟的路程，大片大片的郁金香，围绕着公园的漫步道，与我们的目光会合。

瞧！孩子们脚踏旱冰鞋，低飞于花带之间，释放着被冬天禁锢的身体，你追我赶，动作敏捷地在我们身边穿来穿去，身姿或站或弓，滑出了动感的节奏。女孩用纯真的热情翩翩起舞，男孩用初生牛犊的激情风驰电掣，带给我的是眼花缭乱，体会了什么叫惊心动魄，明白了什么叫身轻如燕，懂得了什么叫行者让路。

看，最是多情四月天！市民“芳兴未艾”，观花者一拨接一拨，有穿红着绿、相偎相依的青年男女，有扶杖助行的白发老人，有手推童车的恩爱夫妻，大家不约而同地赶来，穿梭在芳菲世界里，拥抱着最美的春天。

听！郁金香是飘在春风里的一首歌。“都说郁金香，花期并不长，时间是她致命的伤，开在笑颜里，谢在夜凄凉，为谁笑颜，为谁凄凉……”循声而去，原来歌声来自转角处那群舞者的音响。舞者用优美的舞姿诠释着郁金香的传说：

> 有个美丽的姑娘，同时受到三位英俊骑士的爱慕与追求。一位送她皇冠，一位送她宝剑，一位送她黄金。少女发愁，不知如何抉择，因为三位骑士都相当优秀。于是她向花神求助，花神就把她变成郁金香：皇冠变为花蕾，宝剑变成叶子，黄金变成球根，就这样，姑娘成了郁金香，可以同时接受三位骑士的爱情了。

我们边走边拍。蹲坐于那片粉红郁金香之中的我，早已被老伴留存于相机。那片金黄，色泽莹润，阳光下颇有玉树临风之风范；那片姹紫，宛如身着晚礼服的少妇，端庄贵气；那片嫣红，四周都被映得通红，愈发光彩亮丽。片片花海，都留有我的容颜，好看极了！

实不相瞒，第一次相识郁金香，还是那年在家乡大浦。那也是一次近距离观赏，一株一花，亭亭玉立，满眼娇媚，印象极佳。盛开的郁金香，有人用纵情怒放来形容，我觉得还是用出水芙蓉比喻更加妥帖。因为它嫩得就像要滴出水一样，花瓣重叠厚实，花朵如高脚酒杯，清新雅丽，开得含蓄，让人心动。公园里郁金香品种各异，它们都有自己美妙动听的名字，但是我记不住，我唯一记得的是舞者传递的那个关于郁金香的传说。

有人说，有花草的地方，就有故事；有故事的地方，就有诗和远方。李白在《客中行》里说：

兰陵美酒郁金香，
玉碗盛来琥珀光。
但使主人能醉客，

不知何处是他乡。

李白喝着美酒，酒香四溢，如郁金香芬芳，可以一时酒醉而忘却乡愁；我饮一杯“琥珀光”，也会醉得忘乎所以，忘了天上宫阙，忘了自己是谁。李白醒来依然孤独，而我醒来会成人间一道美丽的风景。不同的背景，会有不同的人生。

月月红

闲暇之余，翻看相册，一张老照片上，看见故居院墙旁的月季花，朵朵红花开得正艳，想起在三里第三次乔迁后的点点滴滴，思绪回到从前。

那时，下班回家，一路往小山坡走去。映入眼帘的，左手边是翠绿的树，茂盛的青叶篱笆，隐约可见的菜园，山坡路边到处是青苔。

家，三室一厅，朝北的两个房间，打开窗户，满山大树。冬至前，将院中两棵树伐掉，将友人相赠的两盆月季移入挖出树蔸的坑里。我唯恐移盆弄伤月季，小心敲碎本已破损的花盆底部，连同残缺的花盆，一道种于院中。坑穴深处，埋下很多饼肥。隆冬，为它们盖上薄膜。两棵月季，都是未来惊喜的伏笔。

那些被绿荫宠爱有加的苔藓，热情地来，悄无声息地退场。记得诗人顾城说过：

草在结它的种子
风在摇它的叶子
我们站着，不说话
就十分美好

把这用来描写人与人之间久处不厌的诗句，用来形容我和月季相处，舒服、无言、暖和，实在贴切。在新环境里，月季苏醒，花朵硕大，花姿秀美，红的绮丽，黄的耀眼，无愧“花中皇后”的称号。

两年时光，但见月季高度已经超越窗台。一年四季，春天最美。天高云淡，日暖风徐；窗外娇艳，红得欲滴；不失柔美，黄得像锦；束束花蕾，不失婉约；缕缕花香，越过窗棂；可以药用，也可食用；渲染唯美，满院流香。

时过境迁，我的月季，不经意间被岁月典当给了过往，老宅夷平，成就了“318国道”，也成全了我的刻意收藏。红花，帮我经营着爱情；黄瓣，感动了所有的友情；绿叶，衬托着平凡的岁月。现在，我每每遇见月季，便会嗅着花香，遥想旧时光。

古话说：“爱出者爱返，福往者福来。”此时笔下汩汩流淌的文字，何尝不是对当初月季一种深切的思念？

春风三月赏桃花

今夜，拂去所有的疲惫，把思绪放飞，把桃花念起。轻轻地咬一口手中的鲜桃，用这种独特的方式，打开我的记忆，用相册带我在初夏里回首2018年的阳春三月，摄影班在桃花园的采风活动。那天，我和先生（即老伴）像蜜蜂一样接近桃花，感受家乡桃园的美丽，感受桃花赐予的灿烂。此时，我闭上双眼，仍能感受十里春风留下的吻痕，桃花在心中定格，芳香在心底荡漾。

“江碧鸟逾白，山青花欲燃。”二十世纪六十年代初的阳春三月，我不知道自己是带着什么表情来到这个世界的，

安徽师范大学出版社 ANHUI NORMAL UNIVERSITY PRESS

新书推荐

大别山精神研究

本书编写组/编　定价：89元

- 深刻揭示大别山精神形成的社会历史条件
- 准确阐述大别山精神的科学内涵
- 全面彰显大别山精神的时代价值

跟特级教师学好高中物理

何国平/编著　定价：73.8元

- 格物致理，实践科学探究；
- 创新思维，分析解题思路；
- 直击高考，提升应考技能。

观点新闻学

靖　鸣 冯馨瑶 史剑辉/著　定价：59.8元

- 研究观点新闻生产传播与公共话语空间、社会舆论的关系；
- 探讨观点的形成机理、基本形态、传播规律；
- 分析观点新闻的类型、特征及各类观点新闻的策划采写要略。

叙事与情感：经典欧美文学作品新诠

韦　虹/著　定价：45元

- 从戏剧的嬉笑怒骂到童话的浪漫讲述
- 从语言的多重探索到风格的反复试验
- 欧美文学变幻多姿的魅力，经典文本研究的全新视角

但是我知道我降临的时候，江水碧波浩荡，白翎的水鸟正掠过江面，山峦郁郁苍苍，正是漫山遍野的朵朵妩媚桃花，以其要燃烧的热情，迎接着我的到来。一如《桃花谣》的旋律和唱词："桃花红，女儿娇，梦儿飞满天……"

于是，我带着桃花赐予的灿烂，带着与生俱来的女儿娇，带着前世暗结的那份梦中缘，穿过梁祝翩飞的那片花海，飞过流淌着执着的河流，来到开满桃花的三月世界。站在春风里，开成一朵粉嫩的桃花，有动亦有静。此刻，把漫天飞舞的梦儿，揉捏到我的笔管里，写一段沾满桃花香的文字，让其掀起我的"面纱"，调整我那"缺心少肺"没规律的心跳。

唐朝大诗人皮日休的《桃花赋》，把桃花称为"艳外之艳，华中之华"，用以比喻美女的容貌，这是任何花都没有的待遇。

宋朝诗人韩元吉在《六州歌头·桃花》中写道：

东风着意，
先上小桃枝。
红粉腻，

娇如醉，

倚朱扉。

把一位少女的容貌、神态喻为桃花，惟妙惟肖。虽然我生于三月，但是桃花的容貌与我没有半毛钱的关系。既没有“桃花面”，又没长“桃花眼”，还不喜“桃花妆”，所以很难让认识我的异性走上“桃花运”，我叹息。不过三月桃花待我不薄，早有陶渊明的《桃花源记》为我留下了惊艳的一笔。春天里桃花朵朵，而我就是最美的那一朵。花，是树的心；我，是大家的心。若不把心儿拿出来，人们怎么知道心儿美、心儿乐？落户于桃花盛开季节的我，难怪天生一副乐观派，“多愁多恨亦悠悠”。如果说我有什么难以治愈的坏毛病，估计就是降临这个世界的时候，沐浴了过多的桃花雨，打娘胎里一出来就带来了“快乐灿烂”的“传染病”，整天掏心掏肺地将快乐传染给大家，灿烂到无药可医。很多人一生都在追寻美好的桃源，我庆幸我不用找，只需要感知、珍惜、分享即可。

宋代诗人汪藻在《春日》里，说“桃花嫣然出篱笑，似开未开最有情”，把桃花比喻成含情脉脉的少女。其实《诗经·周南·桃夭》早就说“桃之夭夭，灼灼其华。之子于归，宜其室家”，《诗经》里有关于桃花的作品，基本是将粉红嫩白的桃花比作美丽的女子，从而一举奠定了桃花在国人心目中的地位。桃花也是“争开不待叶”的小主，花团锦簇，片片红霞，风韵之美让人神迷意醉！

诗篇越深处，桃花越妖娆，笑声越清脆，已分不清是桃花在笑，还是春风在笑，只知道崔护的诗，“桃花依旧笑春风”，笑得痴。崔护的故事，传得那么离奇，我难以考证，但有两点可以肯定：其一，这首诗写的是崔护的亲身经历，诗中灌注了作者的真情实感，所以才打动人；其二，这首诗是有情节的，即“寻春遇艳”和“重寻不遇”。但愿崔护的声声呼唤，能够唤来心爱的姑娘，成就一段爱情佳话。

去年隆冬，我睡在无影灯下，做了手术。我感觉自己行色匆匆，翻过一山又一山，后来我居然张开双臂，向远方的那片漫山遍野的桃花园飞去。风儿掠过远方的白雪，吹不走蜡梅留下的泪痕，却吹得我好冷好冷，冷得我飞不起来，始终飞不到那片桃花林里。目睹山那边的桃花园，聆听着风儿传来的那一声声胜过鸿雁的哀叹，猛然惊醒，原来那是先生在声声呼唤，一连数小时的执着呼唤，拽住我那匆匆赶路的脚步，按住我那正在飞翔的翅膀。告别了隆冬那日的寒冷，我们携手悄悄地隐藏在桃花冲里，感悟着桃与爱情的篇章，唱着《在那桃花盛开的地方》。

记得出嫁那天，妈妈给我用桃木梳子梳头，边梳边说："一梳梳到底，二梳白发齐眉，三梳子孙满堂。"我出生时睡的婴儿床就是桃木制作的，我们家叫"摇窝子"。"桃文化"被家乡南陵桃园村列为美丽乡村建设重点。村里建有桃文化长廊，竹子门楼两旁有一副对联："观长廊有诗有画有文章，游桃园乐山乐水乐桃趣。"拾级而上，长廊上方悬挂的字词墨宝，尽头的桃文化博物馆，内容全部与"桃"有关，放眼四周，可谓是花满山坡，文值得品味，景值得留念。

那天，不知是摄影者持续高涨的热情惊动了桃花，还是春风有意撩扰了桃花，总之眼前突然花瓣大范围飘飘洒洒，就像翩翩起舞的彩蝶，或落在草地，给绿色染上点点艳红，或飞上柳枝，绘出"桃花欲共杨花语"之图。此情此景，是由风及花，还是由人及花？不论何种原因，最终还是由花醉人，清香扑鼻而来，令人如梦如幻。我沐浴在花瓣雨中，仿佛那些花就是我散的。

翻看我和桃花的合影，朵朵风情万种的桃花，争先恐后向我展示它们那最迷人的一面。闭着眼，也能感受到桃花是春风用柔情劫持而来的娇媚娘，就像我是先生用爱情召回的难舍之人。我和桃花有着“解不开的因果”，先生宁可“倾心花一朵”，余生我们“执手白头，看芳华醉春风”……

夏至花开

一直在下雨。暴雨、大雨、阵雨、中雨、雷雨、小雨、细雨，轮番上阵。太阳偶尔露下发白的面容，就匆匆离别，徒留闷热给大地。这就是我们江南每到六月的惯例——特有的梅雨季节到来了！六月的梅雨，避它不能，望它叹息。人们是望它速速离去，唯恐它不会控制自己，一不小心泛滥成灾。然而有很多花草树木乐在其中，享受这场雨水盛宴。柏树的叶子经过雨水滋润后，碧绿碧绿的。二楼空中花园的那株白兰花，似乎就是随缠绵的梅雨，携手“夏至”，来赴这场不散的宴席。

站在窗前，阵阵淡雅的清香从窗台飘过，沁人心脾。这香味，属白兰花特有。哪怕它只开一朵，也会把香气弥漫开来，笼罩整个空中花园，今天就是这么来到我家做客。我养过白兰花。第一次是2001年春，那是外地人组团到中山公园举办花展，我买的那一棵白兰树有三四年树龄，花盆是镶嵌着双龙图案的深黄色陶瓷制品，树有我的个头儿高。那个夏季，少则同时开几朵白兰花，多则同时开20朵。在那有白兰花相伴的日子里，过梅雨季节的感觉就不同了。白兰花的香味驱走了霉味，给人神清气爽的感受，一扫这梅雨带来的沉闷。那年冬天，白兰树没有挺过严寒，为此我心疼了好一阵子。次年春，我又买了一盆，结局依然是一样。我不忍心糟蹋白兰树，再也不养白兰花了。

白兰花是我儿时记忆最深的，夏至之时难以忘怀的快乐之花。我的母亲极喜白兰花，每当大街上传来“卖白兰花”的叫声，妈妈一定会给我们姐妹俩各买一串。两朵为一串，用细铁丝穿过花蒂扎成“8”字形，还留有花梗处一片绿叶，五分钱。妈妈帮我把白兰花小心翼翼挂在纽扣上，我忙不迭地跑到小伙伴们面前显摆，她们纷纷围着我，只为闻白兰花散发出的幽幽芳香。为此，舅舅总是说我：“喜摆子！”

今天，正是夏至到来之时，白兰花一如既往地将缕缕暗香随风环绕在我身旁。此时的白兰花，已非彼时的白兰花。我再也享受不到母亲为我佩戴白兰花的幸福了，也听不到舅舅笑我是“喜摆子”的“赞赏”了。再芬芳的白兰花，不会坐果是其“致命伤”，大多数躲不过“零落成泥”的结局。幸好，白兰花还可以做香料，或入药，发挥新的作用。

今夜，我要轻唱一首歌，一首关于白兰花的歌。

我忆梅花梅忆我

云离我好近好近，近到我忘乎所以地猛地跳起双脚，用双手去捧那朵离我最近最近、最红最红的那朵云。云在我刚刚就要亲到的时候，瞬间变成莲藕、荸荠，它们在五彩云霞里向着远方慢慢地飘呀飘，始终就差那么一丁点儿我就可以触摸到它们了。我大声地呼唤先生，赶快去拿楼梯来让我登高，结果发现自己有着隐形的翅膀，我张开双臂跟着那朵云、那些莲藕和荸荠飞呀飞。

俯瞰大地，漫山遍野层层叠叠都是盛开的红梅花，那真的是“十里梅花香雪海”，无论怎么望也望不到尽头。这里的花怎么都是清一色红？那株最早开放的黄色蜡梅怎么不见了？这个地方怎么这么眼熟？我来过！我肯定地告诉自己。我为什么错过了探梅期，直接进入了赏梅期？我暗自庆幸自己没有错失赏梅期，我穿梭于梅花丛林中寻找我熟悉的宋梅亭，因为在她旁边有一株黄色蜡梅是吴昌硕先生亲手种植的。

就在我紧张地四处寻找这棵黄色蜡梅之时，“你有事吗？”，先生每次都是这样，最会不适时宜地干扰我，也总是每每如此，我才知道我是梦中人，在做梦中事。每次被打断美梦的时候，我或多或少都有埋怨先生的语言脱口而出。但是今天我沉浸在梅花的馨香里，久久不愿醒来。我希望继续将梅花梦进行下去。因为我曾经有过这种做美梦的经历，被打断后继续入睡，就可以继续做同一个梦。梦就是这么奇怪，有时候很滑稽，有时候很美丽，有时候美妙的让人快乐兴奋，并将这种情绪顺利地延续到很多事件之中。我合着双眼，就着今天的梅花梦，沉浸到那无尽的遐想中。

2016年的大年初三，不知是受铺天盖地的超山赏梅广告的影响，还是出自对大自然的向往和对梅花的思念，一直想到梅林深处走一走，一探梅姿，二嗅梅香，三赏自然。一早我约先生去超山赏梅，儿子听说我们要去爬山赏梅，不假思索地答应开车并整天陪同，前提是上午9点以后大地回暖之时到达。依稀记得那天大约上午10点到超山，一下车就受到寒风直刺面颊的打击。寒冷丝毫没有动摇到我，我兴致勃勃地赏花赏景。由于前一年冬天特别冷，红梅、白梅、粉梅、绿梅基本还是花骨朵，也就是我们常说的进入了探梅期。唯独宋梅亭旁的那株蜡梅进入了赏梅期，满树枝的花儿，有的如同黄蜡一般半透明，有的如同琥珀一般，有的花儿带着露珠显得格外润滑。同一棵树上的黄梅花儿开的是千姿百态，嫩黄色的花瓣儿随风抖动。你不用担心它会抖破自己的盛装而失去美丽的外表，也无需担心它在凛冽的寒风中凋零而无缘怒放，更不用担心它在大雪纷飞的恶劣条件下丧失那缕缕清香。“宝剑锋从磨砺出，梅花香自苦寒来。”梅花那独特的神韵和傲人的清香就是从严寒中“笑”出来的。梅花不与百花争夺明媚的春天，从不炫耀自己的一世芳华。其实做人也应如此，不与他人争高低，只与他人比奉献，坚韧不拔，让时间去检验自己是否具有自强不息的精神品质，让时间去证明自己的坚贞气节，这才是最难得的。

我第一次亲近梅花，依稀记得是刚读中学快放寒假的那年，被学姐家的梅花香惹醉了，临别时还带了几枝梅花回家。记得当时还嫌梅花没有绿叶，采了一些万年青枝叶与梅花搭配。又觉得万年青枝叶太密，于是用剪刀进行改造。我真正喜欢梅花是从2000年那个冬天开始的，我对梅花的感情是日趋增加的，尤其大病之后那种喜爱可以说是倍增。

先生早逝的母亲就叫蜡梅！不胜言谈的先生，只有酒后会说与他有关的往事。他的母亲一生勤劳，在那物质缺乏的年代，起早摸黑辛勤开荒，三里附近的那些山山岭岭有他母亲用汗水滋润过的土地，收获的地瓜、土豆帮他们度过了那个困难的年代，他母亲去世后家里人都不知道哪些地是蜡梅开出来的。一个坚强而勤劳的母亲终因劳累过度早早地离开了。或许是因为蜡梅里有先生沉重的思念，我对蜡梅有一种特别的情愫。

我想起那年的冬天，我站在蜡梅树下，我把我受到的最深最深的痛告诉了蜡梅。听完我的话，我看到蜡梅的花瓣上有点点滴滴的泪痕，我知道它已理解我说不清道不明的悲伤，就像我理解她为什么会选择在大雪纷飞时怒放一样。我看到蜡梅坚强的后面透出的丝丝寂寞，就像我离开人群孤傲地在独唱一样。

每每遇到烦心事，我总是喜欢看看那些描写梅花的诗词，每次都能在那些美妙的语句里得到快乐。

在梅园里一树一树地赏花，一枝也不错过，是幸福的事，是开心的事，是隆重的事。花香撩开“风雨送春归”的前奏，我张口就是“俏也不争春”，歌声融入阳光，有蜜蜂在阳光里翩翩起舞。

我不知道余生与梅合照的日子还有多少次，但是我知道梅在我梦里、在我身边、在我面前、在我心里，我和梅彼此鼓励。

一湖睡莲

老年大学将所有的乐器课程都安排到春谷点，这样每周我到公园至少是四次，也就是说从周二至周五，必到春谷公园报到。得天独厚的条件，不经意间，我常常会在公园里发出这样的感叹：“哎呀，这花还没有注意到它打花骨朵儿，今天竟开得这般灿烂了。”湖边、湖中的风景四季不停地变幻，常常使我目不暇接。

大前天，我在湖边亲自感受了睡莲的独特魅力。

满湖的睡莲好像接到了花神的通知，一夜之间在镜子般的水面上，淡色的睡莲和浓艳的睡莲竞相漂浮盛开。这些

“花中睡美人”，将叶子和花浮在水面上，快快乐乐地享受着只有这个季节才特别勤快和热烈的阳光。最为有趣的是，有那么几朵花，大概是不堪拥挤，稍稍将头昂出水面，是在探头观望我吗？看着满池湖水和无边无际的莲叶，不知不觉地虚幻起来，我好像浮在水面上，有着十分奇幻和迷人的感觉。

睡莲是水生花卉，如微型的荷，香味不是那么浓烈，只是随风溢出阵阵清香。才子徐志摩说：“最是那一低头的温柔，像一朵水莲花不胜凉风的娇羞。”可见莲花之诗情画意，足以让人意乱情迷。我想起儿子大学毕业那一年，全家泛舟西湖，水碧若琉璃，风细若游丝，莲叶拂动，莲花摇曳，那情那景，让愚钝的我轻易就破解了李清照的千古名句“沉醉不知归路”“误入藕花深处”，也明白了梁实秋“徘徊池畔，……我在这个地方不知消磨了多少黄昏”的情愫。似乎古来文人雅士对荷塘的清雅自有偏爱。所居之所，若有一荷塘相伴，寒窗苦读之时可消解枯燥，闲暇之余又添诗情，不知引发多少灵感，写出多少美文？法国画家莫奈名作《睡莲》，画得很美，我看了一遍又一遍。然而二胡拉的《睡莲》是另一种美，如诉如泣，透着淡淡的忧伤、缠绵、思念，余音袅袅，不绝如缕，不由想起“我是佛前的一朵青莲”的故事……

邂逅一湖睡莲，一半芬芳一半缠绵，忽然觉得我与莲是相通的，一阵湿润，一阵思量，一阵感叹，一阵幻想。时不我待，下个月一定去乡下看睡莲的姐姐——“荷”。

栀子花香

早晨去菜场，路过一条“露水”早市后街，一阵栀子花的清香扑鼻而来。我踏香寻花，未果。我不甘心，又顺香折回，最后蹲在一个卖青豆的大娘面前：

“大妈，您明明卖的是豆子，为何我闻到的是栀子花香?”

大妈边笑边拿起放在身后的竹篮子，掀开搭在上面的一条湿毛巾。哈哈，满满一篮子盛开的、半盛开的栀子花儿呈现在眼前。

“大妈，您这花怎么卖的?”

“喔，不卖，准备送人的。你喜欢，拿些好了。”

我毫不客气地拿了几朵，当然也买了大约够我吃三天的豆子，必须对得起大妈的馈赠。

拎着花儿往回赶，将花儿放到卧室里养着。片刻，满室飘香，令人神清气爽。细细端详，有的花瓣儿全绽开了，宛若盛开的莲花；有的才展开两三片瓣儿，不胜娇羞；最有趣的，是白色泛出青边的花苞儿，如同我脖子上挂着的和田玉花骨朵，小巧精致。

我喜欢栀子花的朴素淡雅，从不和别的花儿争奇斗艳。我喜欢听关于栀子花是七仙女之一的传说。今日兴起，吟诵明朝“吴门画派”的领袖沈周的《栀子花诗》，读到“暗送娇香入画庭”，心里生发许多感慨。对于自己走过的岁月，感到匆匆，太匆匆，一如面对每年如期而至的栀子花，见其枝叶，闻其花香，对其品性却视而不见、听而不闻，陡然增添愧疚之感。好在今天相遇，我清醒了，我要用大脑去寻觅久远的记忆。

记忆的闸门一旦打开，就如泄洪一般奔流而下，突然想起我青涩的高中生活。

在一个早晨，我踏入教室，似乎是被栀子花儿沁人心脾的香味牵到座位的。不知道是哪位不留名的同学，将栀子花儿悄悄放到我的抽屉里。是学兄？还是学姐？在那个栀子花儿开的季节里，隔三岔五，总有惊喜，也有惶恐。每次见到的栀子花儿都是新鲜的，我的心情也是复杂的：首先环顾左右，生怕被人发现；再往书包里用力塞，企图掩盖花香。曾经的芬芳依稀可闻，青春的脚步早已悄无声息。如今，我明白，那些同学，早已各奔东西。很多事情，有些淡忘；同学之间，有些疏远；栀子花香，依然令人陶醉。当年那个把栀子花儿急急忙忙悄悄塞进书包的女孩，如今已经“升级”为奶奶了。

席慕蓉曾经说：

阳光下慎重地开满了花
朵朵都是我前世的盼望
当你走近　请你细听
那颤抖的叶是我等待的热情
而当你终于无视地走过
在你身后落了一地的
朋友啊　那不是花瓣

是我凋零的心

假如，假如真的是这样，不具名的人儿，请接受我迟来的谢意，我们珍惜共同走过的同窗岁月。

杜甫诗曰:“栀子比众木，人间诚未多。”从网上我知道栀子花的花语是：“永恒的爱，一生守候和喜悦。”据说喜欢此花的人，有感恩图报之心，有真诚待人的性格。我，做不了牡丹，因为我没有“国色”；那么就让我做栀子花一样的女人吧：有着花香，却不妖艳；有着温情，却不放纵；有着追求，却不疯狂。

伴随花香，从容前行。

夜赏茉莉花

最初有缘于茉莉花，是老公带我到他当初插队的一个花农家做客时认识的。那缀满枝头的一朵朵洁白的小花，可以在无风状态下发出一阵阵清新的芬芳。这个小白点曾经让我闹出一个小笑话，因为我第一次看到茉莉花时是这样发出惊叹的："六月雪真香啊！"

茉莉花很像微型的栀子花，颜色同样是白的，是一种圣洁的白色，若把它比喻为清纯的妙龄少女，应当贴切。昨天中午，我从利民路回家的时候，在花店里看到那缀满花骨朵的茉莉，毫不犹豫地买了两盆回家。今晚，呈现在我眼前的茉莉花，已经开放了数十朵，开得是那么娇嫩，那么热烈。我看着层层叠叠的朵朵小花，听着民歌《茉莉花》，细细地品味着，细细地享受着。

好一朵美丽的茉莉花
好一朵美丽的茉莉花
芬芳美丽满枝椏
又香又白人人夸
让我来将你摘下
送给别人家
茉莉花呀茉莉花

古人曾说："闽广多异花，悉清芬郁烈，而茉莉花为众花之冠。"在众多描写茉莉花的诗句中，我最喜欢宋代诗人江奎的诗句："他年我若修花史，列作人间第一香。"刘克庄说"一卉能熏一室香，炎天犹觉玉肌凉"，赞的就是茉莉花香，一枝茉莉花就能使一室香气弥漫。

天下有太多的花香，有些彼此相似，于是湮没无闻，有些却被花朵的丰姿所掩盖，因此常常被忽视。茉莉花香，香得出众；茉莉花香与花朵相互映衬，相得益彰。今夜，我静坐在靠椅上，眼半眯着，只见青翠欲滴的绿叶间，繁星点点，洁白似从天山上飘来的雪，缀满俊俏的枝头，“冰雪为容玉作胎，柔情合傍琐窗限”，一如白衣翠袖之仙子，清婉美丽、洁白素雅。今夜，我欣赏着茉莉，我羡慕着茉莉。

好一朵茉莉花，好一朵茉莉花，
满园花草香也香不过它
…………
好一朵茉莉花，好一朵茉莉花，
茉莉花开雪也白不过它
…………
好一朵茉莉花，好一朵茉莉花
满园花开比也比不过它
…………

在这个静静的夜里，我倾听着美丽的《茉莉花》，我呼吸着美丽的茉莉花香，我陪伴着茉莉花绽放。

桥下迎春花

上午和先生相伴去图书馆还书、借书。从小区由南向北折往东，只为抄个近路上河堤。快上桥时，一个让我感动的画面出现了：一枝迎春花，性急地垂在小河边，犹如倒挂的黄蝴蝶，双翅扑打在尚未来得及蒙黄雨布的伞骨上。此时公历为2018年2月24日，正是正月初九，刚过二十四节气“雨水”还不满一周。在乍暖还寒的时节，枝蔓上仅有的灿烂的迎春花儿，准时准点地告诉南来北往的人们：春天来了！

上了河堤，放眼四野，野草野菜已经苏醒，到处都在孕育着春的盎然。很早就知道，是迎春花的灿烂揭开了春的面纱，只是过去对于它在春寒料峭、冷冷雨水中的热情开放，我没有关注。经过人生的坑坑洼洼、风风雨雨之后，我才对小区里、沟壑边、山路旁那你挨着我、我挤着你星星点点的嫩黄花朵，多了一份“注目礼”。这些小不点的黄花，总是让我浮想联翩。特别是最早绽放的那一枝独秀的“小美女”，给予我很多启发。

迎春花，春的使者，用自己最大的努力，及时向人们报告春的到来。枝蔓像柳条一样婀娜多姿任性舒展，花蕾镶嵌于枝蔓，星罗棋布，开放后的花瓣像喇叭一样张开，当中是金黄色的花蕊。宋代词人韩琦与范仲淹同行，赏完迎春花后赋诗一首：

覆阑纤弱绿条长，
带雪冲寒折嫩黄。
迎得春来非自足，
百花千卉共芬芳。

“带雪冲寒”，就是赞美迎春花最真实的内涵：坚韧。它没有孤芳自赏的傲气，而期待百花齐放。毋庸置疑，这与范仲淹“先天下之忧而忧，后天下之乐而乐”的胸怀如出一辙。

迎春花开了，那就是春姑娘启程了。她是春天的使者，一簇簇花朵挤在尚未完全转青的青褐色枝条上，是那么和谐，那么深情，那么绚丽，合在一起又充满着多情。她如妙龄女子，害羞、美丽、文静、优雅，集中体现在那一抹温柔的嫩黄之中。朵朵花儿簇拥在长长的枝条上，竞相探身在小河边，对着澄澈的镜面，欣赏自己的娇媚。是她抬头微笑唤醒枯草快穿绿装，是她默默与寒冷抗争送走了严冬，是她舞动着金黄色的小喇叭催促着春姑娘快快来临。

她满身的花儿，远远看去，像一颗颗金灿灿的星星。她比不上牡丹的大富大贵，比不了梅花那傲霜映雪的品格，也比不了多刺玫瑰的热情妖娆，但是她的清纯靓丽是其他花朵所没有的。她身材娇小，芳香清淡到若有若无，但是别蔑视：她不等不靠，在枝条上还没有绿叶时就开始孕育着花骨朵，叶子还未舒展，花骨朵就迫不及待探出小脑袋，试探着开出一朵、一朵又一朵，在人们不经意间就这样悄悄地开放了。

迎春花是这样的，做人何不如此？在任何艰难困苦的环境里，都要能生存下来。哪怕被全世界都误解了，也要坚信自己，在该开花的时节就适时绽放出自己的美丽！人的生命只有一次，抓紧时间做自己想做的事，剪一段岁月，书一纸明媚，做自己春天里最好的开门人。

花开花谢，何尝不是人生？花儿适时隐入泥土，那是它懂得在大自然里要学会放弃，不与百花来争春，落花只为化春泥，待到明年冬去时，唱支恋歌给新春。滚滚红尘，有时候要学会放弃，今日的放弃，是为回眸一笑做好洒脱的准备。有位诗人这样说："当华美的叶片落尽，生命的脉络才历历可见。"是呀，人有时候只有跌到从未经历的谷底，才有可能再次站到从未达到的巅峰。也只有走过冬天，才能方知春的温暖。

冬去春来，花开花谢；牵动思绪，让人感怀。迎春花儿开，这早春惊人的一瞥，留给人们的是"一年之计在于春"的启迪。

火红的石榴花

又是一年初夏时，又是一个艳阳天，又是一个开心的周末。站在窗口，楼下那一片苍翠间，突然镶嵌点点红颜。好奇的我，乘电梯而下，径直往我发现的目标而去。并排两株石榴树，在高高大大的广玉兰的笼罩下，竭力将整个身体的枝枝丫丫往东倾斜，没有铺陈，没有预兆，开得似绝世美人，让我感到一种不可多得的惊讶。

我在杭州客居6年多了，第一次发现小区的绿树丛里，尚有两株石榴树。“庭中忽见安石榴，叹息花中有真色。”不出众的灰褐色斑驳树干上，嫩枝黄绿光滑，老枝缀满花朵，大的、小的，怒放的、含苞未放的，密密麻麻，“一丛千朵压阑干，剪碎红绡却作团”。石榴花开得异常鲜艳，宛如裹着红裙装的少女，实在迷人。盛开的花朵，有的昂着头，有的半昂着头，风来了，悠悠摇晃着，就像风铃，随风敲击。四周悄无人影，只有石榴花凝聚着五月的激情，还有一个傻傻的我。我虔诚地站在一旁，不敢用力呼吸。

人们常说：“五月榴花红似火，八月石榴万盏灯。”看着眼前那一朵朵娇艳的石榴花，一簇簇地缀满枝头，心痒痒地想“闲执两枝持在手”，最终弯腰捡了些落于地面的残花，捧于手中，嗅于鼻端。这些“细看不似人间有”的石榴花瓣，并无桂花、栀子花、茉莉花、米兰花的那种芳香，细闻只有一种若有若无的极淡清香，心中有种说不出的惋惜。但是，石榴有花的艳丽，又有绿叶陪衬，还有秋的果实，关键是还能招蜂引蝶，近前看看，蜜蜂正在花上嗡嗡采蜜，蝴蝶正在花间翩翩起舞，还有什么不满足的呢？想到此，心中释然，“花中此物似西施，芙蓉芍药皆嫫母”，我哑然失笑。

好看的皮囊千篇一律，美好的灵魂万里挑一。石榴花不仅有美丽的外表，更有独特的内涵。

在我国北方，端午节这天，老人要给子女的头上插一朵石榴花，以祈求子女平安富贵。这个风俗流传已久，有个感人的传说。古时，夷安城南白羊山下有个不大不小的村子，村头住着一位名叫榴花的女子。榴花心地善良，温柔贤淑，与村人和睦相处。当时战事不断，男子被强拉去服兵役。榴花的丈夫在新婚才三个月时就被抓走了，当时榴花已有孕。公婆思念儿子成疾，还没等孙子出生就相继离世。榴花含辛茹苦地养大双胞胎，在一次瘟疫流行的灾难里，榴花命两个孩子大清早送血染似的石榴花给村民保命，结果自己家没有留下救命的石榴花，一家三口停止了呼吸。村里人感激榴花的救命之恩，就在村口厚葬了她，又把她的两个儿子一左一右埋在旁边。第二年，榴花的坟上竟然长出一棵石榴树，开花时节，红艳艳一片，从这以后，石榴花都是红色的了。端午节这天，村里人都摘了石榴花插在发间，不单寄托对榴花的哀思，据说还能保佑家人平安健康。

贞观年间，唐太宗李世民将文成公主嫁给了吐蕃的首领松赞干布。松赞干布特地从拉萨赶到青海迎接，途中，历尽艰辛，一路上风餐露宿，松赞干布染上恶疾，腿肿、发烧，随行御医都束手无策。文成公主心急如焚。一日，文成公主从随身携带的医书中查得，石榴花有清热、消肿、止血等功效。文成公主在帐外举目四望，沿途山野之中到处石榴花盛开，心中大喜，于是亲自采来石榴花，捣烂，敷在松赞干布的腿部患处。说来真是奇迹，敷药后，松赞干布就肿消热退，完全康复，这让他与随行人员对公主更加敬慕了。

穿过历史的烟云，终于来到宋代陈景沂《石榴花》下小憩：

最是荷榴两怀古，
对人无语湿红妆。

陈景沂似乎正在追念古代的事情。我们默默相视。我细数石榴花瓣，内心涌起一阵感动。原来，天地间，花与人，人与花，会有一种生命的默契啊！

夜来香

梦中惊醒，窗外一片寂静。似睡非睡间，闻到夜来香。一曲美妙的歌声在耳边回旋：

那南风吹来清凉
那夜莺啼声细唱
月下的花儿都入梦
只有那夜来香吐露着芬芳
我爱这夜色茫茫
也爱这夜莺歌唱
更爱那花一般的梦

拥抱着夜来香闻着夜来香
夜来香我为你歌唱
夜来香我为你思量
啊啊啊我为你歌唱
我为你思量……

邓丽君的歌声，勾起我无数的回忆。

我下放的那个七房穆队，分大村和小村，住户多的叫大村，离大村有三五条田埂远的叫小村，好像也就四五家住户，其实管理上仍属一个队。炎热的夏天，干完一天的农活，村里人习惯到大埂上纳凉。纳凉用品五花八门：有的是用竹凉床，有的是用家里的门板，板的两头用长板凳支撑着。不知是对村里人纳凉的潇洒感到眼热，还是我们知青点的姑娘终究耐不住炎热，总之，随大流，也到大埂上纳凉，当然后半夜还是要回自己的小窝。前半夜，打发时光，就是吹吹口琴、唱唱小曲、看看星星、看看月亮。

一夜，风吹来一股幽香，大家都很欣喜。谁也不知道是哪里来的香，只知道真香，不知道是什么花。次日，在田间劳作时，我们还在议论昨夜的花香，一位大嫂低声告诉我们，是她家门口的夜来香开了。隔日，我们正好做事来到她家门口的那块地，休息时，我们几个知青到她家门口看花，大嫂指着那貌不惊人的小植物，说这个就是夜来香。只见眼前的小植物摇曳着枝条，耷拉着叶子，能看到的花儿都谢了，周身没有半点香味。原来夜来香有个特点：花瓣上有气孔，一旦空气的湿度大，它就张得大，气孔张大了，散发出的香气就多了。夜间因为没有太阳晒，空气湿度比白天大得多，所以夜来香总是到晚上才显得特别香。我们几个相约到晚上再来赏花，大嫂眼睛闪烁着兴奋的光芒，说：晚上早点来。夜幕降临了，昆虫在唱只有自己才懂的歌曲。我们相约好了去看夜来香，终究没有去成。

或许是夜晚走田埂，胆怯，半路返回了；或许串门的计划暴露了，被发现了，去不成了。具体什么原因，已经记不清了；只记得，那夜，我们失约了，估计那位大嫂不知多么失落。

婚后，我数次养过夜来香。买来时都是有很多花骨朵，但是一次性开完花，最终都离我而去。后来想想，夜来香也许就适合在野外无拘无束地自由生长。野外有月光的凝视，有星星的陪伴，有露水的滋润。在无人欣赏的夜里，夜来香微启花瓣，将薄薄的花瓣舒展至极致，于是那迷人的馨香才缓缓而出。

夜来香的香气，自然而纯正。在这样的夜晚，哼着《夜来香》，嗅着夜来香，忆着夜来香，我挥洒着点点墨香，最终安然入睡。

闻香识兰花

周末去表妹家玩，一进门，被一股熟悉的香味紧紧包裹着，让我感到是那么亲切，那么甜蜜。表妹爱种兰草花，一排六盆夏兰正草绿花香。闻其香，神清气爽，思绪欢跳，将22年前深山郊游的事一下子拉到了眼前。

老公生于山区的一个小乡镇，在那里生活工作了大半辈子。虽说是在政府里做财会工作，但是下乡包队是必须的。老公被分到吕山村，离家远，路难行，常常是半夜回家。我常常抱怨，老公总是笑眯眯地说："你不知道大山里的风景有多么美！等到摘茶叶的时候，我带你和儿子到林场去玩玩。你站在山头上，可以看到远处的长江像一根银色的绸带镶嵌在大地上，可以闻到来自山谷成片的兰花的香，可以吃到最好吃的大锅饭。”老公的一番游说，那远处的一山一水、一草一木、一茶一饭，总是萦绕在我的脑海里。我于是时不时地提醒老公：“什么时候出发？”

次年农历三月的一个周末，我们真的出发了。或许是初次到大山里，我感觉一切都是那么新鲜，路边的一草一木都让我感到格外亲切。那高山峭壁，也藤青草绿，野花怒放。林场的茶园里男女老少齐上阵，我学着他们的样子，在茶林里穿梭。我抓起采摘的茶叶嫩头，凑到鼻尖，只闻到一股淡淡的味。我悄悄问老公：“怎么未进茶园时我闻到了阵阵茶叶的幽香，近距离反倒闻不到那股香味？”老公笑着说：“茶叶要经过炒制后，才会飘香，一会儿带你去看制茶过程。”

老公拉着我的手，穿过小竹林，站在高高的山岗上，指着脚边陡峭的下方说：“你闻的香气，来自下面的兰草花。”我一手抓住老公，探身下望，只觉得下面阴森可怕，令人望而生畏。至此我才明白，文人描写兰草具有隐居深山幽谷不显不露的个性，默默把芳香奉献给天下苍生，不是胡咧咧来的。正如郑板桥所说：

身在千山顶上头，
突岩深缝妙香稠。
非无脚下浮云闹，
来不相知去不留。

吃过午餐，看完制茶，我有点失落，沉闷寡言。林场老场长得知，我想觅得一束兰花草而不得，笑着说："这有何难？只要你带得动，包管你回去的时候满载而归。"果然，回程的时候，老场长早已叫人送来满满一蛇皮袋兰花草。打开袋口，那些兰花草齐刷刷地露出来，有的含苞待放，有的花开数朵，有的只是一把草。有经验的山农指着一把草告诉我："这个是夏兰，夏天开，一根箭上开很多朵。"又说，正在开的和有花苞的是春兰。我回到家，来不及洗洗，就高兴地将春兰分给邻居好友，然后把那夏兰用青花瓷花钵子栽好。那日春游，我还写了一篇日志，其中一段文字是：

春光三月，全家出游。

一路辛苦，盘山绕行。

虽经周折，终得夏兰。

相遇是缘，相逢有情。

喜得数棵，分享友朋。

我把夏兰放在内院，用心呵护着：浇水用的是淘米水，施肥施的是饼肥，松土用的是专制的铲子，让它沐浴着阳光，吸吮着雨露，不敢有半分怠慢。兰草茁壮成长，枝茎繁茂，长出一簇簇鲜嫩透亮的枝条。润润的绿色招惹着每一位客人的眼光，啧啧的称赞荡漾在我的耳旁。夏兰，随着夏日的来临，移进我的书房，给了我莫大的欢愉。

可是，夏天过去了，一年过去了，两年过去了，别的花儿开得五颜六色、姹紫嫣红的时候，这盆兰草依旧郁郁葱葱，依旧是一盆草。我很难受，因为付出的心血没有得到“花开”的回报，它辜负了我对它的一片深情。一怒之下，我把它挪窝了，把它移栽到室外的厕所小院，在那棵泡桐树下让它自生自灭，至此再也没有多看它一眼。

一日，空气中弥漫着沁人心脾的花香，我被香气牵引着，来到小院兰草旁，展现在我眼前的是蓬勃生机的兰花，它给了我意想不到的惊喜。有的还含苞待放，娇羞惹人爱怜，嗅一嗅，清香流遍我每一个细胞。我激动地想把它再次移到花钵里，先生得知，淡然一笑，说："你还是不要打扰它的宁静吧，就让它在那里开花。"

有意思呀，它虽在人间，却又远离人群。正如元代吴海所说："兰有三善焉，国香一也，幽居二也，不以无人而不芳三也。"好一个"不以无人而不芳"！兰花不惧劣境，生命力顽强，以独特的魅力赢得了人们的青睐，也赢得我的芳心。

闻香识兰花。近兰识人品。泡桐树下，兰叶墨绿，呵护着娇嫩的兰花。兰叶就像憨厚的山里人，没有华丽的外表，而兰花亭亭玉立，像纤细的女子。这么多年来，我的先生时时刻刻呵护着我，莫非先生如草我如花？感恩相遇，学会珍惜。

现在正是夏兰盛开的时节。我真的好想再去那泼墨似的深山里，嗅一嗅那幽谷里的幽香。

第二编

乐玲玉缘

可能是年龄和阅历的关系，我以前不屑与玉石为伍，甚至对名字带玉的人，都觉得好俗，可这些年悄悄喜欢上了玉。

最早结缘的一块小方牌，掐指算来已有30年了。当年并不是喜欢玉，只是受“玉保平安”的传统观念影响，不求孩子大富大贵，只愿孩子能安康快乐地成长，在儿子二伯的邻居那里淘来一块给小孩戴上。后来系玉的红绳断了，加上这块玉经人辨认，说是“高古玉”，就将它束之抽屉一角的盒子里，眼不见为净。

2008年金秋，应友人之约，我们来到上海。临行前，特意去泾县，准备了几刀红星牌宣纸，赠送给喜爱墨宝的朋友们。小住几日后，潘总特意请我们到他开的“玉宝斋”里，分享珠宝世界里的乾坤。当年的我与珠宝玉石还没有建立感情。玻璃柜里面的珠宝们，无论闪烁着怎样美丽而耀眼的光芒，无论如何温润，都未能吸引我好奇的目光，它们与我只有一眼之缘。在我无视的心里，最终难以碰撞出美妙的音符，所以也就没有长相守的缘分。临别时，潘总执意拿出一大盒翡翠手镯，要我从中选一个合适的做纪念。盛情难却，我随手选了一个色泽柔和清雅的。也就是从这一天起，第一款玉镯用这种方式来到我的身边，我知道了它叫翡翠，也叫硬玉，明白了它是“A货”。

2016年4月，我们进行了一场说走就走的云南之旅，不仅体验到如梦的美景，还欣赏了好几块“A货”翡翠和一块黄龙玉。当时导游和营业员极力推荐，我最终选了一块无色的弥勒佛。一是为了手镯不孤单，二是希望全家幸福安康，三是期待自己能在生活中多一些胆量，四是为了我的那些旗袍们——我一直固执地认为，穿旗袍必须佩戴玉手镯和玉挂件，这样才能彰显出旗袍的高贵与雍容、突出女人的古典美。先生选了一个挂件。我们不远千里，不早不晚，于众多游客之中，在万千美玉里，能与它们结伴而归，这是一种怎样的缘分啊。

2017年夏，我们回到故里，与朋友小聚。终因难熬餐桌间的烟雾缭绕，我提前退场，毫无目的地溜达到酒店附近的雄风商场，等待尚在推杯换盏的先生。我信步来到七度玉柜组，眼前突然一亮：一款通体淡绿色翡翠手镯，中间夹杂着一小块正阳绿，色泽过渡自然，清秀柔婉，正是我喜欢的那种。最关键的是，内径大小正合适，但是它的厚度和宽度足足是我原先那款手镯的两倍。我钟情于这款手镯的圆润厚重感，就叫营业员拿出来给我细赏。

营业员告诉我："这款手镯摆在柜台里已经七年多了，一直未调价，只因内圈太小，很多人看中却戴不了。"从发黄卷边的商标里，我相信她说的是真话。七年时间，估计相中的人真不少，这款手镯一直在这里等着我，与我着实有缘。

我拿出手机，打开电筒按钮，把手镯按在光源上，透过玉石的光亮虽然很晃眼，但是依然能清楚地看到里面淡淡的细小絮状物均匀地分布着，我知道这是糯种翡翠特有的表现。今天我在这里与它相遇，一见钟情，真是有缘！

我不知道这块玉的经历。我只知道，这块石头，随着天地沧桑，寂寞地等待了亿万年，历经了千辛万苦，才有了我们今天的喜相逢。此时此刻，这款手镯用这种方式来到我身旁，那惊鸿一瞥，就续上了我们的缘。从此以后，它用它的养分滋润我的身体，陪伴我读万卷书行万里路；我用我的亚健康身体去温暖她，不离不弃。“相看两不厌”，这就是我们的缘！

遇缘，随缘，红尘中那千丝万缕的关系，只因一个“缘”字就变得难以割舍。与玉如此，与人亦一样。

先生一日带我去拜访他的发小陶兄，不经意间我们聊到了字画和玉石。陶兄不仅画画得好，还对玉石如数家珍。说到兴奋处，他进入房间，抱出一摞盒子，那是他长期以来收藏的宝玉。当一个个被能工巧匠雕刻出来的和田玉精品展现在我的眼前时，扑面而来的温润气息让我目不暇接。我一眼就看到一块油脂足、半透明、泛着光泽的方牌，精雕细琢出树下对弈的老叟及观战的书童。我拿在掌中，不仅感到一种沉甸甸的重量，还有一股悠悠母子情油然而生——我想与这块玉结缘，送给我的儿子，一儿子喜爱对弈，二正好弥补他小时候那块小方牌，这是我们做父母的心意。陶兄一口应允。这是我们结缘的第一块和田玉，也是一款意蕴深藏的软玉。

国庆期间，秋风拂面桂花香，我和先生赏花，到了下孙文化村，村中有“古玩一条街”。那天我身着旗袍，左腕淡绿翡翠手镯，胸前佩戴的是和田玉“二龙戏珠”平安牌与翡翠项链相组合的挂件。跨入名号“古越沉香”店铺时，温文儒雅的店主把我们视为有缘人，端茶、让座，一番寒暄后说：“你脖子上戴的这块玉，是难得一见的好玉，真正和田山料，手腕上的翠虽然是A货，种不够好。”每当有顾客进店挑选时，他都手扶托盘，静静等候。最后店里就剩下我们夫妻俩的时候，他弯腰打开保险柜，取出一串五个不同圈号的祖母绿翡翠手镯，轻轻放在我的面前。我问老板怎么不放入展柜里出售，老板笑笑说，种好色好的老坑玉，时间长了舍不得出手了。是呀，一个真正爱玉的人，就得抛去利益的牵绊，闲暇之中赏玉、读玉，才是惜玉、爱玉。

人赏玉，玉悦人。没事的时候，我用右手指肚沿着手镯的线条滑动，立马感受到玉的柔和、顺滑。手镯没有复杂的雕琢，以弧面展现细腻的种质。温润的圆弧，饱满的就像一汪清泉，恰似美人的秋波，柔情万种。《道德经》说：“上善若水，水善利万物而不争”。手镯通体柔和圆润，不正是这句话的写照吗？

拿着挂件轻击手镯，叩出来的玉音清脆、干净。用心聆听阵阵玉音，能悟出一些为人之道：除了悦己，还要悦人。玉，表里如一；玉，深邃内敛；玉，冰清玉洁；必要的时候，人要似玉，“宁为玉碎，不为瓦全”。实际上，在古代，玉是社会地位的一种标志，是儒家文化的物化，而现在，玉体现的是人们对真、善、美的一种追求，是对美好生活的向往！

一直听人说：“人养玉三年，玉养人一生。”自从有了第一块高古玉，到现在自己佩戴的硬玉手镯和软玉方牌，我与玉建立了牢固的缘分。我渐渐将我的名字与玉联系起来。我的名字曾经被人误传出好几个版本：六琳、陆零、东玲、乐陵，最终回归为“乐玲”。我名字的第一个字“乐”，可以出自《论语》：“饭疏食饮水，曲肱而枕之，乐亦在其中矣。”我想，父母的本意是要我做某件事时，执着的同时要在过程中获得快乐。我名字的第二个字“玲”，可以形容玉互相撞击的声音。父母一定是希望我，如玉一般玲珑剔透、温润内敛。猛然发现，原来我的名字就是我的父母千挑万选出来的珍贵礼物！滚滚红尘，不如意的事情常常有，唯有在父母这里，从呱呱落地就得到顺心如意的祝福。我与玉的缘，原来从起名字时就已结下。惜之！

“美玉出上古，玲珑乐人间。”有一种玉，大自然的原因，在其形成过程中，不可避免地包含了杂质，经过玉匠灵巧之手，瑕疵偶尔能变为独一无二的傲娇。还有一种玉，一眼看过，常被人判为顽石，受尽千般非议，遭到万般唾弃，但是最终放出绚丽的光芒。我不敢妄攀自己有玉的品格，但是数十年的磨难，我尽可用以下词语表达：风声鹤唳、如履薄冰、如临深渊、命悬一线、岌岌可危、险象环生，每次生死攸关的时刻，我都是在爱的怀抱里苏醒。大概是上苍偏爱我是一个有追求、有向往、有阳光的人吧，每次磨难都为我增添更见靓丽的魅力，每次磨难我只当自己又做了一次美容手术。正是这些磨难，逐步提升了我的品格，锤炼了我的性格。祈盼今后我笔下的文字，如美玉那般温润，有情感，很高尚。

与书相伴，诗意栖居

读了一本好书，心情极佳。被我称为好书的，大概是因为书中场景以及人物，有我熟悉相似的环境吧。这样的文字，一定能引起我的心灵共鸣。

岁月极美，在于和志同道合的人诗意地栖居。当我正守着文字的时候，身边人正守护着宁静，嗅着墨香。这种静谧的环境，这种享受阅读的过程，我称为“诗意地栖居”。

淡到极致，在于我慵懒地倚靠着病床，爱人寸步不离地嘘寒问暖。我随手就能拧开苏东坡的“大江东去，浪淘尽”，抚琴就能明白生活不仅仅是一首首甜美的乐曲，还饱含着酸苦辣咸。百味过后，唯有淡才能出精彩，唯有苦才能出极品，所以才有苏东坡“回首向来萧瑟处，归去，也无风雨也无晴”的词句。

我喜欢读书，欣赏李白的潇洒、杜甫的壮志，很想和鲁迅先生一起朝花夕拾，也想去孔子学堂感受老夫子如何因材施教。如果真的能穿越时空，我要和苏东坡携手感谢“磨难”，因为磨难让我们一前一后回归自我，当然苏东坡也可以“多情应笑我，早生华发”，我也可以漫步于“千里莺啼绿映红，水村山郭酒旗风”，或者徜徉于“君问归期未有期，巴山夜雨涨秋池。何当共剪西窗烛，却话巴山夜雨时”那醉人的诗句里，或者捧着白天刚拿到的《安徽文学》，把心沉入文字深处。

我读书很杂，长篇短篇，古今中外，名著新作，统统都看。能借就借，借不来的就“蹭”，别人“蹭”饭我“蹭”书。记得初一那年，从高年级同学那里好不容易借来的一本外国书，依稀记得书名叫《塔》，我想那么厚的一本书，作者写得一定很辛苦，当时我读得也未必明白。若是这样的一本书，捧在有缘人的手里，一定能品出味道，一定能读出文字深处的灵魂。我后来再也没有读到这本书了，相信经过岁月打磨后的我，现在若再读，一定会有新的感受。就如读唐诗一样，我小时候是被妈妈压着背，现在没事的时候，主动在唐诗里小憩。诗里的哲理和智慧，诗里的烂漫和韵味，诗里的大美和力量，无时无刻不在，刘禹锡的"沉舟侧畔千帆过，病树前头万木春"伴我度过了最难熬的日子，我无法拒绝他带给我的勃勃生机，诗人让我的心永远留在春天的美景里。每次读唐诗的时候，脑海里总是出现诗人创作时候的画面，有的是捻须而吟，有的是仰天而啸，有的是怅然浅唱，有的是三五成群聚于寺庙，我总是想象着他们作诗的场面和神色。我无法说清这种情怀的源头，我只能告诉你现在的感受：我已把唐诗当作我的精神堡垒！我渴望唐诗赐予我一对隐形的翅膀，让我在"明月松间照"下，"独坐幽篁里"，"弹琴复长啸"，无需解释什么，只管保持快乐。我也可以在热闹中静思，"行到水穷处，坐看云起时"。热闹消逝，唯有与书相伴，才会"绵绵无绝期"。

我读书还有一个习惯，自己可以在书里变换不同的角色，体会不同的心境，可以对号入座，可以假设想象，可以悲喜自如。记得小时候读书时，外婆突然发现我泪流满面，一再问我是谁欺负我了，当她一次次发现我捧着一本书，莫名哭又莫名笑的时候，她慌了，后来不准我看小说了。外婆担心我看小说会得“疯”病！我为保尔·柯察金流了太多的眼泪。几十年过去了，那些描写历史沧桑、你侬我侬、凄婉缠绵的小说，那些精准的语言描写，跌宕起伏的故事情节，总是依旧能打动我，犹如弹拨高手，隔空拨动我的心弦。有时候，作者叙说的，仿佛就是我熟悉的故事，替我用文字来表达。有时候，作者的故事，让我沉浸在追怀人生旧事的境地里，让我遥想，让我感慨。有时候，作者的一句话，就能勾起我的回忆，让我唏嘘不已。

记得六年前的这个季节，拆迁已经进入倒计时，该整理整理物品了。工程最大、任务最重的就是我们的书房！我环顾书房，靠东一排立着两个大书橱。靠窗口边，一张巨大的老板桌上，是我的电脑。我完成一天的工作后，总是喜欢坐在书桌前。书房给我一种宁静，一种学到知识的满足。我和先生外出旅游，虽说住的是星级宾馆，但总觉得缺少什么，想来想去，也就是缺少书房里的那种感受。每次外出回来，我总是喜欢擦擦书桌，理理书橱，顺手拿出一本书翻翻，习惯性地打开电脑，好像是在宣告：我回来了！

我和先生最大的共同爱好，就是买书、读书、藏书，即使在我们最为贫困的时候，也不忘记为我们的书柜开辟一块天地。每次搬家，我们可以舍弃大件物品乃至家具，唯独不离不弃的就是我们的精神食粮——书。我们夫妻有个毛病，没有财富可露，喜欢把好书放在书橱里，一排排的。书橱原先有玻璃拉门，后来为了看书方便，就把它下了，书更显眼，别人“露富”，我们反倒“露书”。“露书”也给我们带来一些烦恼。最为气恼的是那些在我家借书的君子们，让我的绝版连环画一去不复返了，有些书回来时是面目全非，这种痛心，往往影响到我整个人的情绪。后来有朋友借书，先生用“你找我老婆吧”来做托词，结果先生落下了“怕老婆”的证据。

整理书橱时，发现原来我们的书是如此混乱！业务书、文学书和孩子的课本交错，寻找很不方便。此次清理，第一天清理了71公斤内容重复的书，第二天清理了46公斤被我称为垃圾的书。先生叫我千万不要卖掉这些书，可是，不卖，我放在哪里？留下精华，整理装箱，准备待搬运的有10箱书。

搬迁让出宅基地，转眼已经整整六年了，还不知猴年马月才能住进属于我自己的家。新房没动静，装修计划早已出笼，耗资6万多元的书柜还借着别人的仓库保管着。我们盘算着，待到回迁装修时，除了厨房，装修重点就是我们的书房兼琴房和棋室。因为我俩除了读和写，剩下的就是吹、拉、弹、唱，下棋，摄影。至于围桌“修长城”，搂腰转舞池，倾囊买股票……，我们缺天分。

长期以来养成的看书习惯，培养了我记笔记写心得的习惯。这次拆迁整理搬家时，我居然发现有两整箱日记本，有很多居然发表了，而且深受读者好评。我渐渐有了结集成书的念头，我意识到自己的“眉飞色舞”，不得不用指头猛敲自己：打住，打住，就此打住！我提醒自己：文字高手比比皆是。要想守得文字，要想与书相伴，那就得老老实实地保持淡定，守得淡泊。

我又遐想我的书房了。等到回迁到新居时，我一定要给自己的书房起一个有内涵的雅号。我不是名人，但是该效仿名人的地方还是要效仿的，该寄托情怀的地方还是要寄托的。我深信我的余生，会远离喧哗的。在“一钩残月天如洗”的夜晚，大部分时间将在书房里，沏一杯绿茶，点亮作协奖给我的台灯，或持书低咏，或抚琴清唱，或泼墨挥毫。我深信，在与书相伴的日子里，“书卷多情似故人”，我定会“眼前直下三千字”……

书房变迁喜迎新

岁月的风，捎来风雨兼程七十年的信息。从建立新中国，到“文革”；从改革开放，到追逐中国梦……这一路走来，我由二十世纪六十年代初的襁褓婴儿，到小小少年；由热血小知青，到再就业女工；由不屈的病人，到参与祖国庆生的俏媚娘。走过的，念想的，用一种安静而快乐的姿态，在时光中，将梦一般的过往，轻轻拥入心里，静静回味。于是，在明媚的书房里，我便在那一处深情里，用浸透墨香的双手，谨将我家书房变化的这朵小花，采撷给我的祖国，献给我亲爱的母亲。

小时候，我们一家三代常住一起的是四口人，蜗居在十几平方米只有天窗的那座房子里，那是和邻居用木板隔开的一间老屋。记忆中，勉强挤着放下两张床，一个放衣服的木箱塞在床下，一张吃饭的小方桌，一个供冬天取暖的火桶。小方桌除了吃饭，就是我做作业和外婆择菜、缝补的地方。记得我入学不久，妈妈和外婆就计划着要给我添置一张书桌，这个计划让我对新书桌有着美好的憧憬，就连梦境都与书桌有关。也许，是我心思重了，老做书桌梦；也许，是我妹妹也大了，开始上学了；也许，是妈妈在邮电局分到了新房，有了放书桌的地方。总之，在我五年级那年，家里请来木匠，在新房里打了一张书桌，一条足够三人并坐的长板凳，全家人喜气洋洋。我和妹妹终于有了书桌，靠左的抽屉是妹妹的，靠右的抽屉属于我，中间是全家公用。我和妹妹在这张书桌上读书、写字、画画，当然，这还不能叫书房，仅仅放了一张书桌而已。然而，我们姐妹做作业的条件是彻底改了，这是我们家关于学习方面，从我有记忆起，硬件设施的首次突破。

一种回味，一种快乐，交替在空气中，碰撞的瞬间，撞击着心灵深处的柔情和念想。那份风雨中的陪伴，那份最深情的礼物，莫过于二十世纪八十年代结婚时，先生为迎娶我，准备的大书橱和写字桌，器宇轩昂，占领着新房里最明亮的靠窗地盘。虽没有真正意义上的书房，那也是“夫唱妇随香墨醉，诗书列队祝芳华”的婚房点缀。天，有了阳光所以很蓝；地，有了小草所以很绿；我，有了这安逸的一角，所以下班后经常是关闭一切喧哗，然后依着心情静静品读。品读某一时我俩的两地书，品读某一本书里他人的故事，品读用心情把文字来装扮的各时期日记，那是我最惬意的享受。1982年深秋，先生和我同时在这个书桌上复习，没有太多的欲望，单纯到只是再参加一场考试而已，双双超过分数线，次年迎来招干政审人员。当年，这成为我们单位里茶余饭后的闲谈重点。

书香陪伴的时光里，很想和鲁迅先生一起朝花夕拾，做梦都想拥有一间像鲁迅先生在上海的“绿林书屋”。30岁那年，我们举家从政府会议室那个临时过渡房，搬到了政府宿舍。宽大的门窗，高高的天花板，三室一厅，有厨有卫有围墙，光滑发亮的水泥院，我欣喜地开始筹划着。首先，我又添置了一个书橱，和原先的配成一对，添置了组合办公桌椅、三人沙发、落地灯、音响、淡雅厚实的窗帘……小书屋还增设了报刊架，订了数份报纸杂志，这些文字携带着温文尔雅，忠实地滋润着我们全家。我和先生在这间“乐玲书屋”里，先后摆上日思梦想的大专自学文凭。儿子在书屋里温习功课写作业，数次领回比赛奖品，从这里起航，以遥遥领先的成绩，成功考入南陵一中。后来，因为城镇路路通发展需要，我们所居住的宿舍，改为国道。对喜好读书的我而言，看着一箱箱打捆的书，憋屈地堆放在床肚下，鼻子是酸酸的，眼睛是涩涩的！至此，我又开始做书房梦，思念伴随我们全家成长的小书房，我在四季的风景里，等待着她的归期。似乎于谦的“书卷多情似故人，晨昏忧乐每相亲”，就是帮我量身定制的，是代我阐发对书的那份倾心、那份爱恋。

二十世纪九十年代末，先生调到县城工作，便用公积金贷款，买了一套冬暖夏凉、南北通透的二楼房子。阳台超级大。100多平方米、三室两厅的商品房，我毫不犹豫地将那间20平方米的卧室做了书房。和窗户成直角的一方墙，用相似色免漆板，做了一个和一方墙一样大的书柜，与先前的两个书橱遥相呼应，中间地带靠近窗口的地方，是宽大的电脑桌。电脑旁还摆放了一盆紫砂花钵文竹，缭绕如雾，蓊郁如梦；纯洁真挚，清心寡欲。唯一的空白墙上，悬挂着书法朋友蒋克海老师赠送的一幅字画，那是他用遒劲洒脱的笔迹创作的，冰肌玉骨、凌寒留香的梅花。下方是一个小棋桌，父子俩一有空就排兵布阵，青出于蓝而胜于蓝，最终，儿子棋高一着，完成我们家几代人的心愿：他从温馨清雅的“乐玲书屋”，华丽一个大转身，飞身跃入西子湖畔的大学课堂，接受高等教育，成为浙江大学的莘莘学子之一，今年还是杭州十大杰出青年候选人呢。

为配合改善城市居住环境建设，把旧街坊改造成完整的居住区域，接纳高级生活配套设施，2012年，我那不满九岁的三居室，又面临拆迁，最舍不得的依然是我的书房。国与家是密不可分的，国的进步影响着家的发展，家的发展体现着国的进步，舍小家为大家，我们家未等签合同就先行搬出。生活在租住的房子里，心里一直空落落的，总觉得缺少了书房，貌似家园也不完整了。过去，在外累了，回来可以在“一钩玄月天如洗”的静夜，坐在书房里，泡一杯香茗，或持书低咏，吹吹唐时的风，淋淋宋时的雨，或者听听秦汉时期的音乐，有时候在日记里，洒下应景开花的墨。现在，住在出租房里，一行行字实在难以品出心灵相通的味道！先生见我如此伤怀，安慰我：旧的不去新的不来，要随遇而安。只要愉悦阅读，哪里都是书房。思念成疾，漫长的等待岁月里，我真的得了相思病，接二连三求医解惑，险些病入膏肓。思来想去，应该就是缺少书房里的那种养分和美妙。还好，千百次驻足等待，无数回探首顾盼，终于在最深的红尘，在最美的春天，我们还是等到了彼此，我们再次拥有了新房，当然包括新书房。书魂与灵魂相守，成全了我今生文字与生命最美的眷恋，在春风里，晕开了我幸福的笑意。

一切是那样神奇、那样美丽！我是这般欢快、这般愉悦！带着书房梦，带着对文字的喜爱，带着对生活的热忱，“缺心少肺”的我，放下一切疲惫，用心感受着春的气息，感受着生活的甜美，身体也渐来渐好。怀着一颗感恩的心，我精心策划着书房的每一个细节，我一再要求木工，在

“4·23”这天将书柜打好，用诚心迎接“世界读书日”。希望我的虔诚能感动多情的故人，不论何时都开卷有益，不论何地都下笔有神。我在书柜旁安放一个多层花架，种下一盆盆绿萝，让绿油油的枝叶婆娑而下，让风儿与绿叶缠绵呢喃，让花儿与诗书在这里恋爱！好久不曾如此惬意的我，竟然遐想着与整个书房如何缠绵，抚摸这些可爱的书、这些可爱的文字，能感受到我的心情是多么轻松，心灵是多么舒展。每一次在书房与文字邂逅，总觉得花儿都绽放得格外精致，就像每一次书房的变迁，恰似恋人小别，储存着满满的幸福。

映衬着满屋的生机勃勃，书房里摆满我几十年来收藏的图书、字画，最抢眼的部位，放上我退休后走上老年大学讲台的大红聘书。当然，不会忘记摆放我在全国大赛上获得的葫芦丝奖杯、证书、优秀指导教师证书。就这样贪婪地将我以及我们全家的收获，种在书房的每一个显眼的位置，用累累硕果守望着我们的书房。

古罗马政治家西塞罗说：“没有书的房间就是没有灵魂的躯壳。”常聚我书房的好友，如我一样，不仅能感受到书房那温馨淡雅的书卷气息，更能接受到足够支撑内心强大的灵魂力量。变迁后的书房，正以一朵花开的姿态，摇曳着爱的馨香，助我提笔是天长，落笔是地久，将我们相遇相知的故事，绘成祝福祖国最美的篇章。

门板上挂着一双双草鞋、箬帚、粽叶帽等物品，小摊子上有小糖果，关键是还有柿子。老奶奶还在摊位上拿了两个柿子给我，外婆只准我吃一个。她帮我剥去外皮，抽掉一根黑乎乎的小木棍，送进嘴里的那瞬间，一股甘甜清香软糯的味道，赤裸裸地挑逗着我孩童时的味蕾。无论我多么想吃，妈妈和外婆都是说“不准吃”，说柿子是“打摆子”的祸首，品尝柿子几乎成了我童年最大的梦想。如今水果琳琅满目，夏季也能吃到柿子，但是由于我高血糖，吃柿子依然是一种奢望。然而当看到那美味可口的柿子时，童年时那深深的诱惑格外清晰地浮现在我的脑海，这是难以抹去的记忆。

光阴似箭，往事犹在眼前。二十世纪九十年代初期的那年深秋，先生带我去大山里看望他姨妈一家，回程时表侄特意带我们从后山绕行，只为我想带点从树上现摘的柿子回家。表侄说山坡上的柿子是无人管理的，当地人称“野柿子”，小小的，谁采摘就归谁所有。山坡上稀稀疏疏几棵柿子树，树下不长杂草，树旁也没有其他树，给人“不屑与他人为伍”的感觉。树干上疤痕累累，表侄说那是为了让它多结果子，人们故意用刀砍的。枝丫斜逸，向路边倾斜，有点探身了解外面世界的意思。树干高一米左右，上面分了很多杈，如此一来恰好给爬树摘果提供了便利。柿叶凋落了很多，挂在树枝上的柿子特别醒目，大部分果子已经发黄，向阳处有的露出诱人的红色，果子们在风中摇晃，似乎在向我打招呼："你上来摘我呀。"

回到家，把青黄的、金黄的、橙红的柿子分类，插好芝麻秆，分别放置好。要先吃红色的。柿子不能一采摘下来就吃，因为刚摘的柿子味道涩，吃了舌头会发僵，说话转不过弯。用芝麻秆插入柿子，捂大约一周，柿子就去了涩味，可以剥皮吃了。如果想柿子快点软，还可以放到太阳底下晒。这些知识都是乡下长辈看我爱吃柿子，专门教我的。

吃了柿子，脑瓜情不自禁地蹦出了赞美诗："红颜未破馋涎落，油腻香甜世上无。"柿子的软糯甜香，勾起我无尽的快乐和幸福。我想，山坡上的野柿树生命力顽强，虽然地处瘠土，但是能不怨条件地吸收雨露阳光，贮存能量，即使疤痕累累也不怕，最终果子有了优良品质。我们每个人身上的裂痕，会不会都能变成故事的花纹，也就全取决于自己了。

我家的年味

当腊八节刚刚揭开过年的面纱时，可以让孩子们打雪仗、成年人赏风景的迎春大雪，也如期而至。狗年，伴随着飘飘洒洒的雪花，已经迫不及待地向我们靠近了。而年味亦如油锅里正在翻滚的混合酱，味道越来越浓。尘封在心底里的，关于过年的那些往事，再次泛起。

我小时候，若逢母亲上夜班，我们家的年夜饭大约在下午3点就开始吃。若是值下午班，那就得等妈妈到家后再开始。那个等呀实在是难熬，嘴馋的我们哪受得了浓浓肉香的诱惑？盼妈妈下班盼得我们是望眼欲穿，就跟在外婆后面追着问："外婆，什么时候放火炮吃年饭呀？"外婆烦我们捣乱，边烧菜边打发我们说："去，到你妈妈那里去看看。"听了外婆的话，我就会牵着妹妹的小手，到妈妈上班的地方跑一个又一个来回，一直等到妈妈下班，妈妈一手牵一个女儿，兴高采烈地，一道回家，开始了对年味的守候。

年复一年的春节，也是味觉和视觉的记忆。儿时记忆中的年夜饭桌上，我们家传统不变的菜肴有八宝菜、清蒸藕圆子、豆腐果红烧肉、红烧鲢子鱼（三天年之后吃）、氽汤肉圆子、黄心菜烧豆腐、鸡蛋肉馅饺、老鸡汤等，外婆腌制的腊肉、咸鱼、咸鸭是我们家过年不可或缺的主打菜，腊肉炒荸荠大蒜是我的最爱。过往的年味，对于我来说，也是外婆烧的菜的味道。

印象最深的是我们家的八宝菜和腊肉。那个年代，生活困难，我们家因为母亲有工作，相对来说算是好的，但是家常过日子，咸菜还是要腌制的。八宝菜主要食材有外婆腌制的咸白菜（取其梗切细丝）和酱生姜，晒干的白萝卜丝和胡萝卜丝，以及冬笋、千张、豆腐干、黑木耳等8种素菜，先分别炒制，再混在一起，用一个瓦吊子装好，再熬点熟香油浇在上面，吃多少就取多少，至少能吃一周。腌制腊肉、咸鱼之类的肉食品，是家乡的传统，也是我家必做的功课。我家荤菜除了猪肉是凭票买的，鸡、鸭、鹅都是外婆自己养的。每到宰杀这些小动物的时候，外婆都很舍不得，边杀边嘴里念念有词："小鸡小鸡你别怪，你是养家一碗菜。"鸡、鹅、鸭或腌或炖或红烧，丰富着我们家节日的餐桌，我们家的年味就这样，悄悄地挂在"冬腊风腌"的咸货里，躲在外婆的坛坛罐罐里。

每年的腊月二十六，是我家固定的炸藕圆子的日子，因为这天是妈妈的生日。外婆都会在之前一天，将藕清洗干净，用一个擦钵（里面有一圈齿轮的缸瓦钵子）将藕擦成细腻的茸状，用纱布包住藕泥，用劲拧干水分。第二天把头天藕水沉淀下来的藕粉，加入藕泥里，再加入盐和姜末搓成大小一致的圆子，放入油锅里炸至金黄。最后结束的时候，放入切好的一块块老豆腐，炸至表面鼓起来、里面快空心，再捞起来。我最喜欢吃刚刚捞起来的炸豆腐果。戳一块豆腐果，咬破一个小角，破角处蘸上辣酱，简直就是无与伦比的美食。

人们都说外婆喜欢长头孙，而我要说的是外婆喜欢能听她调度干事的孙子。我很小的时候就已是外婆的得力助手了，过年的时候，外婆总是把包蛋饺的任务交给我。外婆将木炭火炉子生好火，将拌好的肉馅、打好的蛋液放在我的面前，我会很乖巧地坐在火炉前，按照外婆的示范，笨拙地将肥肉在烧热的大铁勺上旋一圈，再舀一小勺蛋液四周一晃，蛋液铺满大铁勺，紧接着将肉馅适量放在蛋液的一侧，再用筷子将另一侧掀起压在肉馅上，和肉馅下的蛋皮重合，一个蛋饺就大功告成了。一大盘蛋饺做成功，中途要添加几次木炭，趁加炭的工夫，我将处于半麻木状态的腿活动活动。第一次做完蛋饺，我很有成就感，觉得自己像个大人了，可以帮外婆做家务了。妹妹稍大一点，也像我一样，加入制作年味的活动中，每年的包蛋饺拉开了我们姐妹比赛的序幕。结束时，妈妈这个裁判总是说："姐姐包的数量多，妹妹包的形状好。"我们平分秋色。我们最得意的时候，是蛋饺包破了的时候，因为破了，我们便把大铁勺放在炭火上，用筷子扒拉扒拉炒几下，闻到肉馅香了就开始塞进嘴里压住馋虫。

过年有吃有喝，说到吃的，就想起了我们家喝的。估计我说出来，想必会唤起你对甜酒酿的回忆。

大约腊月二十，外婆就会在邻居那里借来一个木桶蒸笼，将提前泡过水的糯米，倒入垫了蒸笼布的蒸笼里。一会儿，大锅灶上饭香缭绕，蒸好的糯米饭倒入紧靠墙壁用竹子编制的、有桌面那么大的圆匾里，外婆迅速用筷子将热气腾腾的糯米饭划散，不时洒点冷水给饭降温。其间，我和妹妹会趁外婆不注意，抓住一小坨糯米饭就往嘴里塞，然后到院子里踢毽子。等温度降到温热时，外婆就把碾碎的酒曲拌在糯米饭里，装入一个大钵子里，然后用手压实压平，最后在正中间掏一个圆洞，再放置于被絮里保温。五天后，满室飘香。揭开盖子，原先的糯米饭都漂浮在米酒中，用勺子轻轻一按，米饭会顺着钵子边打旋。做好的米酒，外婆会用漏斗装进盐水瓶里，保存到大年三十喝。外婆做的米酒，味道醇香甘甜，喝后唇齿留香。

距离2018年春节也就5天时间了。我家的年货由于我身体欠佳，尚未准备。正准备出门采购，儿子打来电话，说：

“妈妈，你们在家里吗？2小时后，我叫人送年货回来。有你惦记的腊肉、茶叶、咸鸭、腌青鱼、年糕、笋干等，你看看还需要添置什么，想起来就发信息给我。”对于大病初愈的我来说，吃什么已经不是特别重要了，重要的是我依旧能和家人在一起，有说有笑，这才是我最看好的年味！

幸福就在葫芦丝里

喜欢文字，不为别的，只为它帮我记录了生活中的酸甜苦辣，能让我笑。喜欢葫芦丝，不为别的，只为有音乐，能为我带来愉悦和浪漫，滋润着我的心田。喜欢打扮，不为别的，只为生活是个大舞台，我要用心做一个精神面貌俱佳的人。一路走来，幸福与爱一直同在。今天，我用指尖的温柔，分享一下我与音乐那一段美丽的邂逅。

认识葫芦丝纯属偶然。那是2011年春末夏初，我为侄孙涛涛安排课外兴趣活动，首选“光辉音乐学校”。走进教室，墙壁上悬挂一溜长短不一的葫芦丝。我好奇：葫芦下端伸出三根粗细不同的管子，就能成为乐器？民间说“不知葫芦里卖的什么药”，我对葫芦里能冒出什么音感到疑惑。老师似乎猜出我的疑虑，拿出一只葫芦丝，让我口含葫芦嘴往里吹气，他用指尖温柔地在中间竹管小孔上方跳起舞来，葫芦里飘出《月光下的凤尾竹》的旋律。我很兴奋，我呼出的气息居然可以配合老师的双手，就这么轻易地流淌出一支名曲？初次接触乐器的我，渐渐沉浸到乐曲里，感受着喜悦。不知不觉，我被乐曲带到江边翠绿的竹林里，穿着筒裙，撑着油纸伞漫步，月光清幽，裙摆轻扬，我似乎成了一个精灵。短短的十几分钟里，我彻底被葫芦丝优美的乐曲俘虏，那丝丝萦绕的感觉，那悠扬委婉的情致，那轻快活泼的风格，当下就给自己定了一个新目标：决定跟老师学习葫芦丝。老师建议我到老年大学葫芦丝班去学习，那里也有他们学校的老师在执教。于是，我一周一次跟着老师在课堂里认真学习，其余时间我会迎着晨风，沿着宽阔的人行道，来到生机盎然的春谷公园，在花的海洋、绿的世界里，面对一汪清湖，吹着葫芦丝，我的美好情愫在心中悄然滋长，融融地化作清馨的气息，如云雀高唱，如蜜蜂翩跹。下雨的日子，就在家听光盘，室内清越悠长的葫芦丝音，窗外淅淅沥沥的雨声，宛如交响乐，我开始享受着美妙的时光。

用音乐轻敲心灵之门，日复一日，不到一年，我由葫芦丝学员走到葫芦丝班长岗位。2013年，我加入葫芦丝协会，由“光辉音乐学校”委派走上南陵县老年大学讲台。汗水滋润着硕果，我已经由学员华丽地转为怀揣九级专业证书的教员。

记得2012年6月22日，“光辉音乐学校”举办“首届师生专场音乐会”，我紧靠李春华老师的右侧，师生同台演出。这是我首次零距离接触李春华先生。特别幸福的是，我不仅得到了李春华老师亲笔签名的专辑，还面对面接受李春华老师的悉心指导。他说，《月光下的凤尾竹》音域不宽，可以用2支葫芦丝演奏，就有男女对唱之感，重点要掌握好滑音、叠音、虚指颤音……，还不厌其烦地示范。李老师的现场讲学，温暖了我的葫芦丝梦；一句句要点嘱咐，旖旎了我徘徊的心。当晚，我用文字感悟音乐，用音乐感悟人品，我发现音乐与文字如胶似漆，当我沉浸在音乐里时，流出的文字如蜜汁般那么香甜。2014年6月8日，我再次得到李春华老师的指点，收到李老师的新专辑。李老师的技艺是那么精湛，为人是那么谦和，我的相册里至今保存着我向李老师讨教的画面。

2014年国庆，安徽省第四届葫芦丝巴乌器乐大赛在淮北市举办，我有幸参加。大赛共有来自全省16个城市的470余位选手，邀请了云南省葫芦丝巴乌专业委员会会长李贵中、中国葫芦丝巴乌专业委员会副会长王厚臣等名家以及各省市的18位民乐专家担当大赛评委。经过激烈角逐，我们“光辉音乐学校”选手获得5金5银1铜的好成绩。其中，金奖得主鲍罗屹是儿童乙组中年龄最小的一个；我收获铜奖，是中年组选手中年龄最大的一位，和其他中年选手相比，我比他们年长20岁。这次大赛不仅让我抓住了“中年”的尾巴，还为我在退休4年后的“中年”画了一个圆满的句号。

曾经有朋友感叹，说老天对我不公平。可我坚信，老天对每个人都是公平的。东边关上一扇窗，西边一定会开一道门。我对葫芦丝的那份执着，换来葫芦丝用悠扬、缠绵的乐音赐给我风景。美妙的葫芦丝音乐，时而领我进入山间竹林，体会什么叫寂静深远；时而带我仰视高山清泉，聆听高山流水的叮咚缠绵；时而策马草原，看蓝天下万马之奔腾。我与葫芦丝彼此温暖，彼此美丽。我心脏手术刚满1年，胃病术后不到2个月，2016年7月再次成功通过选拔赛，8月参加“中国·黄山首届全国葫芦丝巴乌陶笛邀请赛”。我没有紧张，只有文人笔下所描写的那种悠闲惬意，这或许就是墨客纸上所表现的那种淡泊韵味吧。安然自若心态，让我再次站到领奖台上。事实告诉我，人只要心里有阳光，就不怕走在黑暗里。我的葫芦丝，上端有葫芦，葫芦寓示吉祥如意，下面有竹管，竹跻身“四君子”，仔细赏玩，岂不快哉？

心种一朵花，落笔都生香；心若似花开，沧桑也欣荣。我很庆幸自己选择葫芦丝这个乐器，它像花儿一样，种在我的心田，帮我摆脱烦恼，战胜病魔。它让我在平凡的日子里心生韵律，落笔成诗；让我在枯燥乏味的日子里，沐浴琼浆；让我在阴霾的日子里，享受晴空万里。再多的委屈，有了倾诉的地方；再痛的身躯，有了疗伤的良方。幸福是音乐，快乐是文字，幸福就在葫芦丝里，快乐就在我的手上。手捧葫芦丝，就是与幸福撞了个满怀。

灯光、阳光与影子

“阳台上灯没关?”先生问。

“我没开阳台灯。”我答。

先生不放心，起身掀起落地窗帘，原来是数十米外那堵高大的电子屏幕墙，闪烁的五彩强光透窗而入。投帘上墙的灯影折腾着我们的双眼，变幻的影像勾起我童年的记忆。

那年，妈妈从县城调到乡下邮局工作，全家用一辆“解放车”搬到偏僻的三里公社。搬入的新家，没有电灯，也没有窗户，只有头顶上落满树叶的一块玻璃亮瓦，遇到下雪天，房间黑洞洞的，分不清白天黑夜。后来，妈妈找人开了一个小小的窗户，对着邻家的后门口。一到夜晚，稍微有人路过或有话语声，都会引起邻家那条看家护院的狗猛烈狂吠。胆小的我很长时间都不适应新环境，一到夜晚就吵着闹着要回原来的家，睡觉也不准外婆吹熄煤油灯。在那个年代，煤油是要凭票供应的，很快，我们家的煤油灯就没有燃料了，外婆就在枕头里，拽出灯草做灯芯，用小碗装点菜籽油，微弱之光伴我入眠。一日，半夜醒来的我，被桌面上的老鼠吓得大叫起来，闻声而逃的老鼠窜起一个硕大无比的身影，更是让我惊骇万分。外婆说估计是老鼠闻到了油香来偷油喝。我不知闹腾了多长时间，才沉沉入睡。次日，妈妈下夜班回来，听说这件事情后，告诉我，一定是物品的影子投到了墙面上，看起来像老鼠，叫我不要怕，还说今晚不值夜班，会让我看到墙上的老鹰、马、狗、兔等小动物，还说教我怎么用双手做出墙上的小动物。我居然第一次盼望夜晚早点到来。

晚上，妈妈点亮灯，不停地调试灯的位置，最后双手放在灯的右侧，居于灯与墙的中间，不断运动，叫我仔细观察墙上。一会儿，墙上飞来一只老鹰，再看妈妈的手，她把大拇指扣在一起，双手一合一开，就像真的老鹰在飞。然后，妈妈手把手教我怎么做小兔子。我把右手放在左手手背上，把右手翻个身，变成手背靠手背、五指相对应的样子，用右手小指钩住左手小指，右手食指钩住左手食指，顺势将右手大拇指贴紧右手食指圈成圆，左手的食指出现在圆圈中，这就成了兔子的眼睛。把左胳膊抬高，双手成平行高度，右手的中指和无名指变成兔子的耳朵，左手的大拇指、中指、无名指变成了兔子撒欢的腿。墙上的兔子活灵活现，无比欢快。那天晚上，我和妈妈玩“老鹰抓兔子”的游戏，轮到我做兔子的时候，我不甘心被老鹰抓住，就调皮地把兔子突然换成小狗，老鹰赶紧飞走。我还学狗叫，那看门狗不明就里，跟着大叫。那晚的手影游戏真是趣味无穷，现在想来，应该算是游戏大大开发了我的幻想吧？

我喜欢在灯光下，听妈妈讲那有趣的笑话；也喜欢和小朋友们在阳光下，对着大地玩手影。明媚的阳光，黑暗里的灯光，总是给我许多感慨。

白天的阳光给我幸福的味道，夜晚的灯光给我快乐的时光。太阳只要当班，光芒就会不增不减地默默奉献。灯光也是一样，总会让你的影子紧跟着你的身子，亲密程度造就了“如影随形”这个成语。无论是阳光还是灯光，只要是光，都有一个共性，那就是不论你喜它也好，辱它也罢，它不会改变它的忠诚、它的平等。你什么时间站在什么位置，做什么动作，它就给你什么样的影子。在光的怀抱里，我们沐浴着大爱。阳光是宇宙挥洒的大情怀，翩翩风度是没有文字能表述清楚的。灯光是我儿时用双手跳跃在墙壁上的舞姿，变幻莫测没有任何玩具能媲美。

曾听过《阳光总在风雨后》这首歌，我想创作这首歌的词作者一定是个很乐观的人，因为他明了风雨之后一定是阳光。去年夏天我在萧山机场登机去深圳，上机时小雨飘飘洒洒，飞机起飞，穿过云层，飞到天空最高处，窗外阳光灿烂，哪里有雨的踪影？所以人们常说“只要是心境高、修养好的人，他们的天空里永远只有阳光”，这是很有道理的。

我喜欢阳光的明媚，我追随阳光的灿烂，但是也不惧怕黑夜，因为我心里有一盏灯光。我不害怕低谷下的黑暗，因为我头顶有一个太阳，手上擎着一盏作协送我的装满故事的灯。我深知光芒深处有暗影，世事沧桑也寻常。我坚持打扫我的天空，将光亮置于头顶，那些镌刻在岁月深处的影子，分明伴随着梦的前往。

一盏明灯，照亮黑暗；一米阳光，成就辉煌。

我掀动嘴角，微笑。

女红情怀

宅在家里，最开心的莫过于和小宝贝视频聊天。今天，聊着聊着聊到了奥特曼动画片，他边说边发图片让我欣赏，还说，奶奶，我很想有一件粉色毛衣，上面有喜欢的动画人物，穿在身上一定很好看。看着小宝贝对毛衣憧憬的样子，我毫不犹豫地承诺，一定织一件粉色毛衣送给他。

我的少女时代，其实就是一个编织时代。

说起手工编织，我的母亲是我的启蒙老师。记得那是初三，快要放寒假时，数学老师的女儿找我帮忙编织。我接过已经织了一半的毛线衣，诚惶诚恐，小心翼翼地带回家，交给了妈妈。妈妈教我如何绕线，如何带出线，至此，我第一次知道了什么叫下针，同时知道了，自己没有能力办到的事，千万不要应承。

一知半解地理解编织、刺绣、做鞋这类手工活，可以统称为“女工”的时候，是来自煤油灯下的那个夜晚，外婆一边纳鞋底一边和妈妈谈心。“唉，年纪不饶人呀，我现在眼神一天不如一天了。你要学着做些女工活，明天先从糊帮壳开始吧。要是我哪天两腿一蹬见阎王了，孩子们没鞋穿，怎么办呀？”从这时起，妈妈一下班就跟外婆学做鞋，不上夜班的晚上，基本是一边陪我们做作业，一边飞针走线，就这样一双双结实的布鞋在妈妈的手中悄然诞生。接着，一件件漂亮的毛衣，也在妈妈的手中诞生了。后来，妈妈刺绣的功夫也相当不错，常常在我们姐妹俩衣物上留下一幅幅杰作，曾经不知吸引了多少小朋友羡慕的眼光。在那个年代，有毛线衣穿，那是我们姐妹俩实实在在的骄傲的资本。妈妈从外婆手里继承了做鞋子、织毛衣、刺绣手工绝活，还会腌制家常下饭菜，又有一个体面的工作，邻里街坊经常对我外婆说：“您老真有福气，养了这么好的女儿，端公家饭碗，还会做女工活，真不简单。”每当这时，外婆总是露出得意的笑。至此，我貌似理解了女工的意思，就是家庭妇女必须会做的活。不过那时候我还不知道彼“工”是此“红”，多年以后我才明白什么是古代所说的“女红”。

到我这一代，妈妈没有将做鞋子的手艺传给我们，不是妈妈保守不教，而是商场里的鞋子既便宜又好看，光是鞋底就有半高跟、高跟、平跟等款式，谁还穿老土的布鞋？但是，织毛衣的手艺我不仅继承下来，还发扬光大了呢。我钩的台布、挎包、床罩、窗帘，可以说是人见人夸，床罩搭在叠得四四方方的盖被上，台布盖住小圆桌任意垂下，小装饰令我的小闺房温馨而美丽。

到先生和我正式订婚后，我三下五除二，拆掉“讨厌”之人为他织的毛衣，似乎拆开了他和别人的距离。热恋时的我还创下了通宵达旦为他织毛衣的记录，当然这种壮举早已成为历史。其实那时哪里是在编织毛衣呀，分明是在编织一个女孩的心事，好像我编织的毛衣，能承载我们的爱情，也能圈住他的心，还能缠住他乱跑的脚步。当年的举动已成为现在甜美的回忆。

我织的最得意的毛衣，是快要结婚时帮老公织的羊毛开司米高领衫，织的花纹在当年是最时髦的，线的颜色也很抢眼，细针细线湖水蓝，那是我亲自去上海买的绒线。老公穿在身上，总有人问是在哪里买的。一根线，一副针，一件衣，成就了一个“爱心”品牌，我沉醉于自己独创的天地里，每针每线都注入我的欣喜。

到我成家生子的时候，我的棒针由原先的单一竹子品种发展到现在的铝针、磁化针、不锈钢针，从1号到16号长短粗细不等，绣花绷也有大中小号，钩针不仅分材料，还分有舌和无舌。每当炎夏一过，我就开始拆旧织新，我不光帮家里人织，就连远亲好友的，我也乐此不疲。织的最赶时间的是儿子接到浙江大学录取通知书的那一年，我把他的毛衣毛裤全织成新的，那实实在在的是《游子吟》中的“慈母手中线”，织的全是密密麻麻的亲子心情。

织毛衣可以是一种业余爱好，也可以是一种职业，还是一门修身养性的职业。记得我刚下岗时，帮毛线店代织毛衣样品，2元钱一两线。我喜欢自己手工制作的毛衣，还喜欢自己构思一些花样，当年用于做数学作业的几何本，被我用点点叉叉圈圈，画满了只有自己能看懂的花花草草、小动物、英文字母等图案。在编织过程中，我用心搭配好各种图案，不同性别、不同年龄，所需色彩各有所异，常常发现，只要用心，织出来的毛衣花样就极富艺术感。不管是从下往上织，还是从上往下织，首先要保证花型要对称，同时看起来要与众略有不同，用现在的话来说，那就是最酷的“限量版”。

从小练就童子功，现在的我，手指依旧能帮小宝贝编织他心仪的毛衣。卡通画的点缀，为宝贝毛衣增色不少。它是我用心描绘，用心体会，用心编织的艺术品。

今年冬天，我要坐在秋千里，似荡非荡，双手绕线，上下飞舞，再来表演“当户织”的本领。寒风肆虐时，孩子的身上，会落满我深情的凝望。

最浪漫的回忆

弹指一挥间，我和先生相濡以沫即将40周年了。回想当初我俩结婚时，真是波澜起伏。

先生幼年丧母，家境贫寒，是奶奶一手拉扯大的。我俩两小无猜，转眼到了婚嫁年龄，为了和我结婚，先生节衣缩食。他深知我最喜与书相伴，贪恋墨香弥漫，就用有限的积蓄，添置了书桌、书橱、名著和一纸素笺，他坚信，脚步无法丈量的地方，书可以。他发誓，要带我走遍万水千山，一路记下四季清欢。

迎娶那日，出阁的娇羞，难掩我芳心的雀跃，溢满幸福的双眼，憧憬着穿上新嫁衣的妩媚。我用清澈的明眸，凝视着空手接亲的先生，眼神交汇的刹那，便凝成了巨大的疑问：

“我知道你贫寒，没有问你要奢华的礼服，我把自己的积蓄交给你，只想借你的手送我一件新嫁衣，就这么难？”

我的责问，换来先生一连声“对不起”。我想用新娘装妩媚我那值得用一生作纪念的愿望，伴随着先生的道歉声，瞬间变成了洒落一地的失望。委屈的我，未等解释，固执地将他推到门外。

短短两周，我收到一大扎信，字里行间都是先生的气息。其中：

“凝望有你的窗户，我虔诚地等待着，幻想着你是从红楼梦里走来，还是从牡丹园里伸出纤纤玉手？”柔情令我动容。

“钱捐给×家孤儿三兄妹了。”大爱令我感动。

真情本无价，尽在珍惜中。先生的千般呼唤万般爱意，半月后浅吟成我们的地老天荒。缺席的新嫁衣，成为我愿嫁的理由；亏欠的新嫁衣，是他愿受我“欺负”一辈子的承诺。

不久，先生经过人事局统一考试，由供销社会计岗位转到政府财政新岗位。万木竞秀的夏日里，儿子欣然来临，母子平安令先生笑逐颜开。当时，他要下乡防汛，他亲吻我的额头说“对不起”，泪水和汗水在我心里凝结成多遍的“坏种”居然变成“快看宝宝”。原来，目标实现的欣喜，远远胜过期待的过程。几天后的深夜，他带着熟睡中我在他脸上用钢笔留下的恶作剧杰作，奔赴抗洪第一线；我为自己勇敢地“欺负”他，快乐无比。

几年后，我们住进政府宿舍。公公患了肝癌，先生在感叹人生无常的时候，不忘奶奶的养育之恩，也接回撇下他二十多年的父亲和继母，一家人相扶相伴。

随后，先生调入县城工作，儿子成为天之骄子，全家且行且珍惜。我最为得意的“欺负”成果，就是我们去庐山旅游那次。

“啊呀，脚崴了。”

“能走吗?”

“痛。”

我们像爱恋中的情侣——他背着我继续行进，传递的爱意直通心底。庐山之旅着实证明了，这里是恋爱的好地方。

五十岁生日，我被九十九朵玫瑰映红了笑脸，花中有我，眼中有他。我的“欺负”绽放成浪漫的花朵。

如今两鬓白发清晰可见，鱼尾纹悄然爬上我俩的眉梢。我们的生活，犹如红宝石，晶莹剔透，色彩醇厚。除了增加唠叨，最害怕失去彼此。几年里，我相继经历了三次大手术，先生坚持自己昼夜守护，我在先生的关爱下，“欺负”又能继续进行……

长期“欺负”他的战果是，让他曾经收获连续18年全县财税工作第一名、优秀公务员等荣誉。时光在我俩的身上雕刻下柴米油盐酱醋茶的印记。我的手指再也不是当初的纤纤十指，能看到的就是青筋交错，摸到的是粗皮糙肉。如今不知先生牵着我的手，是否像人们所说的“左手摸右手”?“欺负”出来的军功章，可否也有我的一半?

去年国庆节期间，先生拽我去影楼，拍一组婚纱写真，弥补了先生当年的心动。而我能想到最浪漫的事，就是“欺负”先生不仅要进行到底，还一定要“欺负”出全家共享的精神财富："下笔如有神"，要轻松自在、简单快乐。

属于我的"欺负"，永不落幕。

油画的诱惑

我们赶上了第一场公益拍卖会。我们在拍卖区前排找个座位悄悄就座。展示台上的那些油画，仿佛在争先恐后抢夺我的眼帘，满台的风景画、动物画让我应接不暇。我是第一次看到这种场面。

左边有一幅幅骏马图，其中一幅单匹黑骏马油画特别诱惑着我。一种优美、孤独的节奏和韵律，突然从马的眼睛里缓缓流出。看到它坚定不屈的目光，那刻起，我的心里就泛起阵阵涟漪。我不由自主地将画面与独奏曲《孤独的黑骏马》联系在一起，我默默在心里吹奏着，我知道它，最终挣脱禁锢它的绳索，长嘶一声，在广阔的草原里自由奔驰。我的心灵与视觉深深地陶醉在无限遐思之中！

站在那不知名的古城堡右侧山上，俯瞰山脉环抱中的小城，一栋栋或高或矮、隐隐约约的房屋点缀在树林之中，古老的河流穿城而过，静静流淌。还未等我品出何等感受，只听一个小小少年发出清脆的童音：

“我出价100元。”

他的爸妈微笑着点头。

“100元一次，100元两次，100元三次，成交！”

拍卖员微笑着说。

大家仿佛是统一了意见，没有任何人出来加价。小男孩如愿以偿，高兴地取画。

美的意境又三次出现。只见拍卖员一手扶着立于地面的一幅《白桦林》，一手拿着麦克风介绍：

“白桦树，象征坚强、优美、自信、骄傲、爱情，树干耸立……”

我的眼光走进这片妩媚的白桦林，刹那间耳边仿佛萦绕着一支淡淡而又悠远的小提琴曲，旋律舒缓绵长，仿佛是白桦树在演奏，风吹树叶是和声。想起曾经听过的《白桦林》，那凄美的爱情，就发生在这片美丽的白桦林里。我泪水盈眶。现在的我，除了努力战胜病魔，还能做些什么？此刻我似乎坐在铺满落叶的白桦林里，在洒着阳光的斑驳林间空地上，在散发着白桦林特有的清香味道里，我仰望周围，全是高高的白桦树，站起来也看不到远处的风景，满眼都是挺拔的白桦树干和金黄色的树叶。脚下是松软的草和落叶，走起路来像踩在海绵上，软软的，悄无声息。这些优雅的树木，似曾相识，让我怦然心动。我笑出声来：

“这幅《白桦林》我要了！”

坐在倒数第二排的一位老人，究竟是被我的第一次叫价声震醒，还是被画面中白桦树叶的一片金黄所刺激，我不得而知，总之，我俩就像斗红了眼的公鸡，50元、50元递增加价，似乎这是一幅巨大的百年油画。最终他耷拉着脑袋偃旗息鼓，仿佛被我抢走了世界上最著名的油画。我有些恍惚，有些沉醉了，其实我敬畏的是白桦树顽强不屈的生命力。

生命是一场奇异的旅行，遇见是一种缘分。一幅《春暖花开》的油画，引诱得我的眼睛不敢再迟疑，立即飞奔进去。枝丫错综的桃林，一树连着一树，树冠上铺满了粉红的花，连接着天边的粉霞，朦胧了天地边界。微风徐来，少许几点鹅黄嫩叶，给整片桃林平添了几丝灵动气韵，随之隐隐变幻。我漫步桃林小路，一时间，自己便是那《桃花源记》里的武陵人。我再次扬起手臂，要将这幅“世外桃源”搬进我的书房。

通过这次拍卖会，我发现，一个问题很严肃地摆在我的面前：若不是拍卖员深入浅出地讲解，若不是我对白桦树情有独钟，若不是我生于三月桃花盛开的时节，今天我会欣赏什么？用“如坠五里云雾”来形容，一点也不为过，我如同刘姥姥进入大观园，眼花缭乱，不知所措，甚至不知道该拍些什么和该如何去拍。我的鉴赏力显然不够！总之，文化功底欠缺，影响着我的生活品位和审美情趣，限制了我对新生活的认识。

我想用文化滋润生活，在生活中寻找惊喜，意识到自己必须加强学习，要多读书。即使是玩，也要玩得有文化！

槐花煎蛋味无穷

接到侄女电话，邀我们去她家小聚。我们欣然踏上东门河堤公路，一路上清甜的香味，牵引着我们的脚步前行。

敏感的嗅觉被缕缕清香俘虏。我穿行在店堂货架之间，眼睛游离在摆放的绿植里，努力地用鼻翼寻寻觅觅。

“舅母，你在找什么？”

我闻声回头，答：“找气味。”

侄女笑而转身，从厨房里拎出一竹篮，说：“你在找它吗？”

掀开盖巾一刹那，一种久违的味道迎面袭来，浓浓的、甜甜的、香香的，令我莫名激动，闯入眼帘的是一串串、一簇簇、一团团的白色花瓣，花蕊淡黄，花蒂淡青带紫，好似小小的美人轻轻地卧睡在摇篮里，静候我们的到来。

这种清香，顺着鼻孔，长驱直入，顺势沉底，直达心脾。

这种清香，清丽淡雅，令人心醉，令我痴迷，令我遐想。

这种清香，争先恐后，挤挤挨挨，轻叩记忆，一触即发。

串串柔美，淡淡清香，它是我孩童时期最甜蜜的向往，曾经让我的童年充满了好奇，是我大脑里永不消失的回忆。

每到槐花盛开的时候，下课铃一响，年少的我尾随在同学身后，远远地仰望着满树的槐花，看槐花树下他们摇动树枝，摇到后来不过瘾，就叠罗汉爬树摘花，有的一边摘一边往嘴里塞，有的一边摘一边往口袋里装，有的一边摘一边往地下有目标地扔。那小小的、白白的、香香的、甜甜的天然美食，是我幼小心灵里最大的诱惑。

课间休息，放学之时，槐花树下，课间复课间，左右顾盼的我，终于有一天，等来了有人送我一串风铃似的洁白槐花，小心翼翼地装进书包。我要把芬芳香甜、向往已久的美味佳肴，带给全家分享。为了品尝这串槐花，我从书包里取出来，居然拿出了仪式感，双手呈给外婆。未曾想，我没吃到美食，还换来了家人的嘲笑。外婆把花扔到窗外，说有毒！妈妈说，露天下，花朵上有鸟屎，还有毒蛇爬过，不能吃！舅舅用手刮着我的鼻梁说，肚子里是不是有馋虫啦。最后还是舅舅迁就我，心疼满脸委屈的我，哄我开心，说过几天买槐花蜜给我喝。

在侄女的餐桌上，我们有机会品尝“槐花煎蛋”。

侄女告诉我，将洗净的槐花倒入打散的蛋液，放盐、胡椒粉调味，静置几分钟，热锅，倒入凉油，倒入搅拌均匀的槐花蛋液，一面煎至金黄，再煎另一面，出锅后要趁热吃。侄女边说边夹了两大块到我碗中。经过高温烹调，槐花那精致的叶脉依然清晰，凝固的金黄蛋块“怀抱”数朵小白花，朵朵含情脉脉。一口下去，花香瞬间在嘴中翻滚，舌尖就是初夏；再一口下去，花香满足了味蕾，舌根就是春天；一口接一口下去，满嘴清香，遍体清香，满足了我多年的好奇。

看看侄女和侄媳，两位红润的嘴唇，好像两片未开放的花瓣，小心翼翼抿着嘴巴品尝槐花煎蛋，仿佛一张嘴，就会流出花汁来；而嘴大唇厚的男人，他们无不挂着满足的笑意。大家那份怡然，那份满足，那份平淡，铺满餐桌，溢满餐厅。

春光美

从古到今，春天从不缺乏诗人的身影，咏春也好，伤感也罢，统统都是属于春天的歌，是文人们对这个季节最真切的致敬。“春日迟迟，卉木萋萋。仓庚喈喈，采蘩祁祁”，我愿意以最美的姿态，在春光里尽情地享受。

品一碟春菜

每当冬天来临，我总是迫切期望春天的到来。喜欢被春天的气息感染，一心向往到大自然去，像众多老饕一样，娴熟地在田间地头、山野沟渠来一番搜寻，恨不能将大地蕴藏的丰富食材一股脑儿采回家，认为只有这样，才能让身体感受到春天的来临。当沾满了天地精华的马兰头、荠菜、野芹、竹笋、蕨菜尽收篮底之时，那种似乎在不经意中寻觅而来的心境，一下子升华为我是春天的宠儿。我很享受把它们请进餐桌的过程，然后再慢条斯理地品尝，仿佛这样，春天才会触手可及、张口而来，春天才未错过。

在众多的野菜中，我最有眼缘的就数马兰头和马齿苋了。采拾马兰头、马齿苋，是我从小练就的童子功。马兰头有红梗和绿梗之分。绿梗的顶端钝钝的，叶子边缘呈现的齿痕较浅，用南陵方言说就是“圆头瓜脑”；红梗的叶片尖尖的，叶边呈现的是较深的齿痕，一副轮廓分明的样子，我把它称为“花马兰头”。我喜欢红梗绿叶的花马兰头，不仅仅是其颜色对比强烈，关键是有嚼劲。它们常常在路边、田野、山坡，一丛丛、一群群，突然出现，曾经给过我很多意外的惊喜。这不，前天我们去峨岭踏青，令我突然停下脚步的，正是山坡小道上的它们。为了不辜负它们突如其来的现身，我将生机勃勃的它们，用随身携带的旅行刀，小心翼翼地取其嫩头，不伤其根，请进了食品袋。小时候，采马兰头总是擦着地皮用铲子挖，后来听说马兰头留其根，会长出新的嫩头。从此，我采撷时，尽量给它们留下几片叶子，希望它们在阳光雨露的滋润下，尽早弥合伤口，继续保持对生活的热情。

采回来的马兰头，将里面杂质挑尽，再进行清洗。锅里放水，清水里面放入适量的盐、油，沸腾后，将马兰头放入水中打个滚，立即捞出，放入凉水里，再取出，弄成团，挤干，用刀切成碎末，将香干也切成碎末，取一口空锅，烧热，倒入菜籽油，让油在锅里顺势溜达一遍，放入蒜末、干辣椒，香味出来后，立即熄火放入马兰头和香干碎末，放入稍许食盐，就可以装盘上席，满嘴都是春天的味道。

马兰头，我还喜欢用豆腐乳汤汁凉拌。用锅内的热油把浓汁豆腐乳炝滚，加少量辣椒酱，然后把马兰头碎末倒入，出锅后点上麻油拌匀即可。记得清代美食家袁枚在《随园食单》里说，荤菜素油炒，素菜荤油炒。这个素菜荤油炒的方法，我觉得对马兰头是很不适用的。

清明期间，竹笋大量上市，口感脆嫩，号称“春天第一鲜”。宋代大文豪苏轼对春笋尤为偏爱，初到黄州就有“长江绕郭知鱼美，好竹连山觉笋香”的赞美之辞，在杭州做官时，每饭必有笋，他说：“无竹令人俗，无肉令人瘦。”后人续貂说：“若要不俗又不瘦，餐餐笋煮肉。”袁枚在《随园食单》里有记载马兰头拌竹笋的做法：“摘取嫩者，醋合笋拌食。油腻后食之，可以醒脾。”按照菜谱，我将竹笋用开水焯，用凉水泡，去除苦涩，切碎；马兰头也如此；最后热锅凉油，将它们拌匀。马兰头犹如绿翡翠，竹笋的清白最大限度地激发了马兰头的小清新，这两个春菜联袂登台，给予我致命的诱惑：鲜！香！馋！

“人间有味是清欢”，品味各种野菜，对于我来说，是赏心悦目的事。虽说是吃野菜，但汪曾祺老先生有言在先：“如坐在河边闻到新涨的春水的气味。”时令野菜会叫春，也很会赶春，所以我丝毫不敢懈怠，赶在它们美好未逝的时候，常常制作一些荠菜水饺，冻藏着，留着慢慢品。

俗话说：“三月三，荠菜当灵丹。”荠菜味道鲜美至极，被誉为野菜之上品。陆游《食荠》说：“日日思归饱蕨薇，春来荠美忽忘归。”今天我应景而来。我自知自己几斤几两，即使把我泡在墨水缸里，终究也写不出辛弃疾的“春入平原荠菜花，新耕雨后落群鸦”、南宋严仁的“春风只在园西畔，荠菜花繁蝴蝶乱”之类的诗句。明白了自己的短板，那就发挥自己的长处，我愿意分享我领悟到的厨房经验。

首先，将三肥七瘦的五花猪肉，剁成颗粒感肉泥，肉馅里加入料酒、胡椒粉、十三香、生抽、耗油、少许盐、姜末、鸡蛋汁，顺时针搅动，不一会儿肉馅就会变浓变稠，将搅好的肉馅再加点老抽配色，搅拌好，搁置一边入味。然后，处理荠菜，如同处理马兰头一样，去水分，加盐、少许切碎的海米、香油或其他植物油，拌匀。最后，将肉馅倒入荠菜馅，拌匀。为确保饺子馅的咸淡适中，我会反复用鼻子嗅，我鼻子特灵，饺子馅闻着若有些许腥味，就是淡了，闻着很舒服，那一定是正好。

饺子馅好了，就着手包饺子。左手心里摊放饺子皮，右手用勺子把馅儿放饺子皮中央，将饺子皮对折，捏严实；左手食指将右边靠外一面轻轻一抵，右手拇指和食指顺势使劲一捏；右手食指将左边靠外一面轻轻一抵，左手的拇指和食指也顺势一捏；饺子外面就出现两个对称的褶子，整个饺子就捏好了，我们称为“畚箕饺子”。我还喜欢包“元宝饺子”，最主要的是喜欢讨元宝二字的口彩。包法很简单：只要将装有肉馅的饺子皮对折捏紧，再将两头的尖角捏合，稍稍整理，一个像模像样的元宝饺子就出来了。

众多野菜中，我特别钟情于野蒿子。蒿子粑粑，我历来都是吃现成的，从未自己做过，今年吃的就是同事、弟媳送来的。因为我每次在野外采撷的蒿子经大家辨别后，都不是“正身”。

一个午后，在路口等公交，趟趟都是人满，老姐和大嫂干脆带着我在路边辨认各种野菜，未曾想，农村野外的一花一草，样样都是宝贝，很多野菜别说吃，连见都没见过。这次我算是真正认识了蒲公英；和杂草搅和在一起的几棵野蒜，也被大嫂扒拉出来；田埂下沟渠里，生活着一片野芹菜，被采上来，大嫂说野芹炒河虾很好吃。我们走在田埂上，寻觅野菜的踪迹，早把坐公交忘了。

一路上，老姐每遇到一款野菜，总会把这春日里的一道日常小吃，讲得有声有色，头头是道，大嫂在旁边不断补充或纠正，有时候两人为一簇野菜的身份、做法而起一番争论，听得我倍感有趣，跃跃欲试。

老姐讲她未出嫁时，挖蒿子做粑粑，言谈里饱含着对往日的怀念。她说过去那个蒿子长不高，几乎趴在地上，现在好像绝迹了。先要把糯米浸泡一天，饱含水分；再把择洗干净的蒿子切碎，和糯米、籼米放在一起磨，伴随着磨盘的转动，醇厚的绿色米浆缓缓流出，用布袋吊起滤掉多余的水分；做之前，将腊肉切丁炒熟，加在米粉里揉捏光滑，再搓成一个个小圆球，压扁，锅内放少许菜籽油，煎至粑粑两面有硬壳时，沿着锅边洒少许水，盖上锅盖稍微焖下，粑粑就好了。“蒿子粑粑三月甜”，加了糯米、腊肉，吃起来里面更加柔软，更加香甜。

老姐不仅讲清楚了做粑粑的技巧，还把她们那个时候吃的氛围、吃的感受、吃的笑话，关于蒿子粑粑的谚语，用真实细腻的语言讲了出来。我第一次发现，跟着70多岁没有上过学堂的老姐，挖的是野菜，学的是知识，动的是手指，长的是见识。一个绿油油、软糯糯的蒿子粑粑，不仅仅把春天的甘甜吃进嘴里，还把亲人间的柔软揉进心里，真正是不折不扣的“舌尖上的春天”。

吃一盏春茶

今年清明，尽管连续阴雨，也挡不住我探春的脚步。在外面野了还不够，回家继续享受来自盛开的映山红、兰花的问候，适时配合儿子寄回的明前茶，品味这茶水的独特韵味。“春尝一口鲜，人回草木间”，品春茶的趣味，妙就妙在仿佛春风已经吻上我的脸，不光舌尖上涌现出春天，藏匿于大脑深处的茶文化喷薄而出，关于茶的回忆也浮现出来。

记得那年我儿子在三里完小读三年级，学校后山有一大片茶园，郁郁葱葱，是离我家最近的一道风景。茶园是学校师生劳动教学的基地，应季时要带领学生采茶，不仅劳其筋骨，还给学生上一堂科普课，而且培养孩子们的意志和耐心。老师先做采摘示范，部分学生要手把手教。老师再三强调，茶叶采摘需提手采，不可顺着枝干一把捋，那样会影响茶树来年的生长，也会影响茶叶的质量。经过手指捏住轻提下的茶叶，保持了茶叶矜持的形态，保持了口感，看似简单重复的劳动，还真有学问呢。我理解了为什么茶叶在开水冲泡后，还能像仙女一样在杯中亭亭玉立。

学校给各个班级定了任务，老师真的在茶园里设点过秤。一份原始的舐犊之情，促使我背个大水壶，拎个竹篮，尾随在采茶队伍后面，沿着茶园小径步入一垄一垄茶树丛中，去感受片片嫩芽如何将蕴藏一个冬天的能量，在春天时候释放出璀璨的生命力，加深理解了什么叫“翠绿欲滴”。

茶园里，孩子们头戴各色帽子，叽叽喳喳的嬉笑声在茶园里回荡，茶园成了乐园。他们认真采茶，估计天天在课堂里，未免枯燥，一下子来到大自然里，很新鲜，孩子们没有把每人五斤当回事。一双双小手，在茶树上翻飞，一会儿篮子里装满了新叶，过完秤，倒空竹篮，继续在茶树上弹奏，那真是分秒必争啊。

我虽然是第一次采茶，速度倒是不慢，在绿色海洋里不停地穿梭，大拇指和食指配合默契，估计嫩芽刚刚探出头，还没有看清我的模样，就被我扼杀了。弯腰摘了一上午，现场体验一把采茶的乐趣，时隔几十年，当年两百多个孩子漫山遍野采茶的风景，我再也没有见过。

后来，我了解了更多的关于茶的知识。

青绿的茶叶，被农技师捧在戴着白手套的手里，匆匆放在锅底，那是一口直径可以与张开双臂相比的锅，他不停地抖、挤、甩、抓、压……绿叶在高温下开始失水、轻吟，拼命地在空气里一呼一吸，涅槃后依旧倔强，带着大山的灵气，散出淡淡的芳香。

茶室里自有茶道。第一道，净手和欣赏茶器；第二道，烫杯温壶；第三道，放茶叶；第四道，洗茶；第五道，冲泡；第六道，春风拂面；第七道，封壶；第八道，分杯；第九道，玉液回壶；第十道，分壶；第十一道，奉茶；第十二道，闻香；第十三道，品茗。整个过程，平静淡定，优雅从容，在一声“请慢用”中结束。

茶道之美，不流于品茗的形式，而在于品茗的过程。一壶茶里，少了一片茶叶不重要，因为它依旧是一壶茶，喝的人在拥有一壶茶的时候，不会去赞叹某一片茶叶的芬芳；但是，每一片茶叶也都非常重要，因为每一滴茶水的甘醇，都有每一片茶叶的精华。

有人说“人生如茶，茶如人生”，也许吧，一生欢喜与哀愁，只有经历过，才有些许体会，滋味自知。从鲜嫩的绿叶，到焙干而变得干巴巴的，似乎没有一点生机，通过沸水的冲腾，水杯里的茶叶，又变成茶园里的茶叶，甚至散发出更多春天里的清香，在这个涅槃的过程里，会不会感到无助和力不从心？遗留在杯中的残茶会不会也有懊悔？又有几人能明了？在茶香弥漫的温暖里，在劫后余生的岁月里，“静坐常思已过”，对待生活，我的心多了一份热情，多了一份理解，多了一份包容。

下放农村，忙于农事，忙于表现，忙于生存，既无林逋的“琴兼茶具入船扉”之雅趣，又少了梅尧臣的“愿携茶具作清欢”之逸兴。饿了，有时候连“白菜青盐糁子饭”都难以获得，盐水拌饭是常有的事；渴了，“瓦壶天水菊花茶”也是梦想，水缸里的凉水也能供“双抢”时“牛饮”。结婚之时，生活好转，收到友人赠送的一套紫砂茶具，当时她特别强调，“茶壶”与“搀扶”谐音，希望我们婚后彼此恩爱。至此，我和先生开始使用茶具，共饮茶水，淡时悠悠，浓时略苦，苦中有涩，苦尽甘来。

喝茶也可以“把茶冷眼看红尘，借茶静心度春秋”。鲁迅在《喝茶》中说出了茶另一种真谛，他说：“有好茶喝，会喝好茶，是一种‘清福’。”这种说法，首先是对喝茶的一种肯定，是一种郑重其事的态度。至于为什么要在“清福”上加引号，我的理解是，他在提醒每一个爱祖国的人，一定要有所担当。我想这样理解喝茶，才是最恰当的，也是符合鲁迅先生《喝茶》精神的。这才是高雅、安详、和谐社会应有的生活！这才是喝到了深隐隐于茶的春天！这才是真正享受浸润茶香之中的“清福”。

听一场春雨

今年第一声春雷，好像为正月十五而来，总共两声就作罢。对于害怕炸雷的我，倒不失为一件好事：既感受到春雷的脚步，又不那么心惊肉跳。知趣的雷雨，为了给大家赔个不是，白天给人们腾出一段间隙，居然是阴到多云，虽然是云层较多，但是漏出来的些许阳光给人期待。不甘寂寞的雨，傍晚开始大闹元宵，扫了我外出赏灯的兴致，灭了我晚上赏月的雅兴，好在有朋登门，有友来访，雨声不停地提醒我，沏茶、分汤，好好把握今晚品茶听雨的机缘。

随着年龄的增长，我的性格越来越古怪。不知从什么时候起，我常常自喻自己是那飘摇在水杯里的茶叶，虽然没能留下多少嫩绿的茶色，但“水给了茶第二次绽放的机会，而茶给了水清香的滋味”。我喜欢在春天遇见一场雨，感受“春水碧于天，画船听雨眠”的意境，或者感受“小楼一夜听春雨，深巷明朝卖杏花”的意境。

三月的一场春雨，润物细无声，笼罩着小桥、流水、人家，就这样简简单单，又是如此浓淡相宜。踏春遇春雨，那是我和春雨心照不宣的感应；春雨遇古诗，那一定是谁被我惦记多了，就来我耳边喃喃细语。“枕上诗书闲处好，门前风景雨来佳”，如一缕柔风，若一缕薄烟，浸润了斜风细雨的时光，飘到我的身旁。轻轻起身，用花瓣接一捧雨丝，洗涤叶的沉闷，闲看雨露花苞，静闻雨中鸟语，任春雨挤进心里，给心一片滋润。

四月，桃红柳绿，姹紫嫣红，春雨虽然“随风潜入夜”，但不再“润物细无声”，而是呼啦啦热闹轰天来的。快节奏的雨，似乎像无拘的人，不急不慢，轻叩窗台，敲打我的午休，感染了我的心情。我缓缓下床，带着满脸的惺忪，漫步到窗台。春雨滑过我的眉梢，温润我的面颊，勾住我的过往，惹得我不断回眸。每一滴雨声，仿佛是春的鼓点，奏响了动人心弦的春之乐。对面屋檐下几只小鸟，在细雨中欢跳，时时飞闹，它们的叫声穿透雨幕，啄开了耕种的季节，我看到山芋在插苗，麦苗在拔节，油菜在结籽。

那年春天，踏着小队长的哨音，冒着知时节的春雨，我走进微波荡漾的青弋江江边，在那块刚刚苏醒的外滩地，在最适宜种花生、山芋的土地上，扦插红薯苗。沙地上，一脚踩上去正好有一个湿湿的脚印，红薯苗很容易扎根。红薯苗很古怪，一旦种下去，活着的会像爬山虎一样生机勃勃，死了即使补种也无济于事，一定只长叶子不长红薯。所以小队长总是对我们知青不放心，来来回回检查，及时纠正我们放苗的角度、底肥的厚度。小队长告诫：红薯苗是有个性的，你们一定要插好。几个妇女就打开话匣子，对“红薯苗的个性”窃窃私语。

或许，一场春雨，有人觉得司空见惯，感觉不到什么稀奇；或许一个老套的故事，有人早已悟出，植物与人一样也有骨气；或许，有人像春天一样，轻盈的脚步，有条不紊地行进着，从计较走向坦然。

赏一片春色

春色愈浓。我们走进南京梅花山，踏入春天。

朵朵梅花，在光秃秃的树枝上绽放，漫山遍野，有绿梅、白梅、红梅，站在高处，放眼山下，就像一片片云彩，漂浮在山谷中，近赏无处不飞花。我因梅花盛开而来，心情极佳，按捺不住撒欢的心。

“春去春又来，春光无限，终觉今是而昨非，如刚从梦境中醒来。”因为梅的到来，春天才这样触手可及；因为梅的到来，我把珍贵的热情释放到春天怀抱；因为梅的到来，在镜头聚焦我的瞬间，我开启了阳光般的笑脸。

“江南无所有，聊赠一枝春。”退休后，我们有大把的时间去各景点打卡。去年连梦境都是顺着梅枝徐徐上升，最后仙气十足地将双脚停留在花蕊间，双手插在背带前胸处，扬起脖子，双眼在空中遨游，感受天地间大美。今年，坐落在紫金山南麓的梅花山，帮我圆梦。来到这里，才知道在明孝陵神道，若非红绿辉映、轰轰烈烈，这里实在是太过肃静。两鬓泛白的我们，穿行在花丛间，相依相伴，早有镜头录用我们做主角。

路边的野花，也不甘寂寞，纷纷效仿，成双成对，争奇斗艳，魅力非凡。就连窝了一个冬天的蚂蚁，都出来伸伸腰，先是慢悠悠地爬，然后停下来，四处嗅嗅闻闻，一会儿探出触角，抖动几下，一会儿它又以我为圆心，兜兜转转。看起来挺有趣，我用手机对准它拍视频，它居然停下配合我，又似乎不适应镜头，煞有介事地绕我一圈，扬长而去。没想到，蚂蚁竟然也通晓人情世故，懂得即使有人打扰，也需与人为善。

时间无形，春天有色！梅的盛开，唤醒了玉兰、杏花、樱花、桃花、梨花、油菜花……每一朵，每一树，都藏着清新烂漫，深深浅浅、层层脆嫩的色彩，好似一幅清淡韵致的水墨画卷缓缓展开。不辜负春天最好的方式，大概就是不停地去赏色彩各异的鲜花吧。

一个周四，在马头祥游客中心，我下车的那一瞬间，就意识到了“早起的鸟儿有虫吃”这句话是多么精准。我们挑选一个最方便进出的车位，无需排队，将自己连续两天分享的微信凭证出示给工作人员，很顺溜地取到门票，免费赏花。

踏入山门，一片樱花开得如云似雪，整个空气中都弥漫着樱花的香味。春风十里，繁花似海，水边生长的那一圈樱花树，花朵好像被湖水清洗过，显得特别干净，清爽剔透。

我喜欢寻一株樱花树，铺一张大地毯，要么睡在苍穹下，醒在春光中；要么和先生肩并肩，席地而坐忆往昔；要么和大家吃着瓜果，吹风晒诗装文雅。总之，在这个樱花撩人的季节，让自己不负春光不负卿！

其实一过三月，值得春游的地方简直俯拾皆是。站在自家窗口，就可以欣赏远处漳河迷人的春水。若是起得早，窗口的日出有不一样的韵致。若是收衣服正值傍晚，夕眺晚霞也是一个完美的体验。即使春雨绵绵，那一圈圈浅浅的水纹，定是有人在轻吟华尔兹圆舞曲。

“人间最美四月天”，我看过霭里油菜花、看过桃园滩、看过笔架山，又来一次丫山之旅。盘山而上，目光漫溯，一块块油菜花，一簇簇杜鹃花，正是“一路山花不负侬”。你瞧，路旁的垂丝海棠，妖娆桃花，农家小院的郁金香、紫藤架，甚至连月季、美人蕉、端午锦都暗自较劲，大有

“你方唱罢我登场”的架势。

丫山是牡丹的天堂、丹皮的世界。丫山的牡丹有“十年丹皮贵似金”之美誉。丫山的丹皮，就是牡丹的根皮，是名贵中药材，与白芍、菊花、茯苓，并称“安徽四大名药”。但我且不管药，只管赏花。牡丹花期不长，有一句民谚叫“牡丹十日”，说的就是一朵牡丹花从开放到凋谢，大约只有十天时间。而整棵牡丹，从开花到全部凋谢，最多也不过就两周的样子。“绿艳闲且静，红衣浅复深”，想看牡丹花开的盛况，得及时，否则只有待到明年。

梅花用清新的香味唤醒了春天的记忆，樱花散发着馨香而沁人心脾，牡丹花这醉人的天香引领无数文人竞折腰。唐代诗人刘禹锡早有诗赞曰：“唯有牡丹真国色，花开时节动京城。”家乡丫山的万亩牡丹，花开如雪，沐浴在浓烈的阳光下，尽情舒展着，绽放着。花儿争奇斗艳，蜂飞蝶绕，游人如织，其实早与长安比肩；而这里的花儿谢幕，并非结束，而是开启入药的新过程，以牡丹入药，这早就胜过京都之花了。

日月交替，四季更迭，乃大自然的法则，连植物都有高尚的情感，“落红不是无情物，化作春泥更护花”。我们更要懂得把握生命的节点，不仅要追逐怒放的生命，还要追寻怒放之后的更大绚烂。

第三编

何湾青山处，一洞生传奇

凉风有信，秋月无边。接到电话的那一刻，没有多想，转身便与青山如期而遇。沿线山体绿色为主，走近欣赏，青山相伴，绿水相依，桂香相随，一坡一景。触摸秋天之门扉，感受山崖岩洞之魂，聆听落叶私语之音，与青山村来一场邂逅，去拥抱陌生，去期待惊喜。

“一泉溢向河，今古繁华住。”由珍珠泉溢出的泉水终年水流潺潺，几经周折，汇入长江。原生态模样，曲径通幽的山路走向，林海莽莽，完全自然的景区，不用过多描述，你来看一眼，便会觉得妥帖。

“玉液润千年，玲珑知出处。”珍珠泉既是河的起点，又是林木繁茂的特殊养料，始终传唱着奔腾的历史长歌，滋润着人们生生不息的文明基因。特别适宜秋季来观赏，红黄绿叶与碧水交织，不经意间就美成了绚烂的油画。

清晨，似雾似雨似珍珠的水滴，紧紧偎依在花草稻禾树叶上，汇聚在绿岭河水里，敲打在丰收的路口，蕴含着无尽的诗意。秋风，漫过竹叶上的清露，在林间流动，路边的野花随风摆动，但不再张扬。我们把大王冲作为徒步的起点，一步一步，好似走进秋的诗行。

登临板栗树下，视野极佳，可远观重峦叠嶂，近瞧晶莹剔透的小河，就像一条俏玉带，牵引着我们的脚步。沿河而上，见到了久违的水碾，在落差之处自然形成一处微型瀑布，虽然小，但是风景怡人，像是从高处崩塌而下的积雪，声响虽不是雷鸣一般，但称为欢歌炫舞还是毫不夸张的。顺流而下，觅得菖蒲；暗香浮动，满心喜悦。回头拐进那古老的佛香加工厂，檀香袭人，令人心静如水。

最吸引我的是木板悬空吊桥，起于山路，止于龙王庙，桥长由你来丈量。头顶蓝天白云，背后“竹径云深莺语细”，两侧“松隙风疾啸声欢”，兴奋的文艺范儿们，故意晃动吊桥，打破水面的平静。阳光下的树木泉水最是好闻，空气中散发的都是草木味，置身其中，意境十足。龙王庙居水潭中，寂静无人，周围紫薇盛开，给落寞的庙增加了不少生机。

出庙，左侧拾级而上，是青山玻璃栈道漂流。细看，栈道两旁的植物，有绿色的静，有桂子的雅，有灿烂的红，有蓝色的妖，每段景色，各有风格，一点都不重样。我徘徊在栈道下方，莫名遐想，想着下一处是怎样的景色。如果再来，若时间充裕、身体允许，我想选在妩媚的夏季，找个黄昏，来到流水处，坐在皮筏里，品味一把漂流的乐趣。

神奇的“燕子洞”，早闻大名，我们终于来了。这个洞据说有4亿年的历史，洞内有大厅，格外空旷，有水滴石穿之声，有我们说话的回声，还有倒挂洞顶的大批蝙蝠发出的吱吱声。不用深呼吸，就能嗅到蝙蝠的味，有成双成对的蝙蝠，在洞顶环绕，秀着恩爱。出门见“福”，虽然开心，但我还是有点害怕，远离它们。

燕子洞环境幽美，洞在山中，山在林中，林在风中，人在景中。洞内石笋林立，有两根钟乳石“顶着天立着地”，那份妥帖与自然，就如安静生长在秋天的两株植物。这些历经岁月洗礼的珍贵山石，在霓虹灯的照射下熠熠生辉，极富情趣。洞顶缝隙不时有水珠滴在额头，脚下的水迹分明可见，洞内山石人影在灯光的照射下，一会儿倒映在某块地面上，一会儿反射在身后的石壁上，夸张时人影比真人大好几倍。洞内仙、兽、鱼、马、花等象形石密布，千姿百态，惟妙惟肖，若不是亲眼所见，又怎会感叹大自然的鬼斧神工呢？

一路走走停停，一座气势恢宏的门楼映入眼帘，那是“蝙蝠山庄”的英姿。古老的树干斑驳不已，门楼石墩在风雨的洗礼下，越显沧桑。台阶旁，由于有绿植的衬托，山庄仿佛披上了一件绿风衣，显得格外飘逸。门楼牌匾高挂，山庄飞檐翘角，四周古藤缠绕古树。在山庄门口饮“一杯茶”，疏影清浅，相依相恋，别有一番滋味。

我们的午餐就在“蝙蝠山庄”。笑声冲入山林，掌声不断响起，不是餐桌上的酒瓶、饮料、山泉茶营造的氛围好，也不是牛肉排骨酱汁厚、锅巴喷香分量足，更不是大虾小鱼、蔬菜老鸭原生态，令我们开怀的是，山庄老总那一流的语言表达能力，真叫绝呀！老总用俏皮的语言、丰富的表情，道出青山的历史人文故事，以乡情为纽带，以乡贤为楷模，以乡史为底蕴，那真的是极为丰富、极为有趣、极为感人，实在是不可多得的视觉、听觉、味觉的多重享受。

或许，不用多时，我们再来齐聚山庄，泡上一壶山泉茶，耳畔是山区方言弥漫，笑谈着燕子洞未解的密码。

如画大浦，梦幻世界

早起，一路上听风、看景，置身于大自然中。一座座农家别墅逼近视线，一栋栋风格统一的村舍建筑鳞次栉比。眼前的一切，仿佛字里行间的悠然心境，有一种道不明、说不尽的深邃意境。漫步在如画大浦，置身以农业生产、旅游度假、生态人居为核心的环境里，度过“活色生香”的一天，这样的环境怎不叫我喜欢！

大浦入口，有三座并列的景观桥，和北京金水桥风格相似。文艺采风车徐徐越过景观桥，转弯进入“大浦游客中心”的停车坪。下车后，我忍不住加快脚步，端起相机，对准游客中心右侧的“母婴室”，将戏耍充气卡通玩具的几个孩童摄入照片。转身透过喷泉水幕，摄下临近“205国道”最高处的“万福鼎”这座地标性景点，似乎拍照容易出大片，几个女游客穿着长裙，正对着镜头不停地摆弄姿势。

通过检票口，迎面袭来的“青少年国际训练营”，似乎有一种特殊磁场，吸引了我的目光。营房两旁分别排列的橙黄绿、红蓝紫大风车，连绵数十米，形成夹道欢迎姿势，加上镂空钢棚上缠绕的灯饰，色彩斑斓的艺术元素点缀，不难想象，这样的训练场所，会给孩子们带来多少梦幻般的创意。

漫步大浦，沿着悠长的观光小道缓缓踱步，这里的每一寸土地都仿佛渲染了欢乐的气氛，原汁原味的乡野烂漫令人流连忘返。穿行在充满热情的月季迷宫里，时不时有“飞轮火车”从左侧掠过，抬头欣赏“七彩滑道”上滑下的身影，与右侧的“秋千部落”相互呼应。花田里，百余亩鲜花正吐芬芳；花丛间，形态各异的稻草人、卡通雕塑惹人喜爱。站在观景台上，太阳很热烈，整装待发的画舫游船和高高在上的莲花玻璃桥，在乡野稻田风光和城市梦幻风光之间，得到美妙的视觉联姻。

新建的民宿，外观保留着江南民居的传统模样，内部是时尚新潮的陈设，传统与现代相互碰撞，营造出属于大浦的独特的乡村文化。这里的绿树与花卉相映成趣，沿途可见硕果累累、千姿百态的石榴树，让人倍感丰收的喜悦。

这里的时光大道令我一见钟情，似乎有一种特殊的魔力，勾起我的回忆。这列老式绿皮火车装满我孩童时代的记忆。二十世纪六十年代后期，我和外婆在繁昌乘坐绿皮火车去峨桥，为了坐一次火车，我硬是赖在火车站不挪步。弹指一挥间，现在高铁也穿行于家乡了。

这里的大浦商业街，沿街往里走数十米，有一家咖啡馆，门头装修简约质朴，黑白分明的马头墙与墨宝招牌相互映衬，虽然是新建成的，但丝毫不矫揉造作。我打定主意，会选一个风和日丽的休闲时间，来到这里，坐在木质桌子旁，点上一杯咖啡，再在四处逛逛。

这里的农博园和植物园，保持着不远不近的距离。这里的大自然，时不时令人产生错觉。热带风情，恍惚到了海南，“狂浪海啸”，如果在夏天，一定是首选打卡地。到了晚上，仿佛在一望无际的大草原，找块打理平整的草地，吃着烧烤，看看星星，一定会有难忘的记忆。

稀里糊涂的我跟随大部队走过长长的玻璃栈道，爬行一段天梯后，行走在荷花玻璃桥上，除了能观看到大浦西湖的游船、快艇，聆听到秋风的畅快，更能体验到凌空漫步的惊险和刺激。整个过程，我眼睛都不敢往下看，可谓步步惊心，但可以驻足远眺，当然也可以就着桥或坐或睡。狂喜的我，顾不得颤抖的心脏了，不停地伸出双手，给自己竖大拇指！站在荷花旁，桥上巨型莲花自动开合，璀璨绽放。俯瞰脚下秋荷，一番与众不同的美丽突然袭来，迸发出来的灵感，最为奇幻。

近几年，大浦发展日新月异，整洁美丽的环境、功能齐全的设施，让我由衷发出感叹：这哪是一个乡村世界，分明是一座城市的缩影。也许美好的自然环境本身就是快乐的伙伴，来到这里，所有的快乐都会翻倍增长，就如今天的叠加，占据我内心的只有轻松、舒适。

假如你要问我，家乡哪个乡村旅游生态做得最好，我会站在大浦的采摘园里，选一个晴好的上午，抬起右手，任一米阳光顺着叶缝、指缝滑到脸上，然后得意地告诉你，那地方非大浦莫属。

大浦早已唱响省内外。“村中景区化，景区城市化”，“一步一景、移步换景、景中有景”，“十里花海，天上人间唯有此处”。对于江南人来说，大浦景区就是大家休闲的后花园。

花开半夏，清凉龙山

龙山村是脱贫致富的典型。境内曾经的九曲十八弯，谁也不知道，这样断断续续的羊肠小道改造，到底要花多少钱，只知道预算不断超标。山上施工，一切都靠人工，几乎用一种最原始的方式生拉硬扛。在村支书的带领下，历经几十年的千难万险，首先贯通主动脉龙凤公路，还用自己手中的“三宝”——傻劲、闯劲、韧劲，融合了龙山的自然景观、人文景观，修好了风景截然不同的、鸡犬声相闻的村级山路。如今当地盛产的丹农特产品，揭开神秘的面纱，美名远播。“三宝”与“二观”的强强联手，使得龙山不仅摘掉了贫困帽，成为脱贫示范村，还披着四季的盛装，成为旅游村。

当人文景观与自然景观完美交融之时，当仙气缥缈的秘境由宽敞大道接入之时，当一个最具烟火味的世外桃源展现在眼前之时，龙山已经成为最适合人们春夏秋冬旅游的地方。请在花开半夏之时，随我来龙山村休闲纳凉。

龙山村民居依山而建，层层错落，一条明清时期留下的青石小巷，长数百米。巷子两旁白墙黛瓦，典型的徽派建筑，不见人影儿，但闻人语声。偶有鸟鸣溪涧的声音，使人变得清澈而纯粹，原有的浮躁和迷惘瞬间消失不见了。

龙山村有一个露天山洞，洞底有潭水，长年不断，洞上有石壁，凹凸有致，洞口树木环绕，倒映水中，潭水慢慢变成蓝绿色，层次分明，这就形成了“龙鳞石”，微风徐来，水波荡漾，“龙鳞石”隐隐活了，实在奇绝。

“龙鳞石”洞口的右上方，一户村民的红色窗框前，有一棵 “无名树”，像一家人牵手相连，树梢上枝叶飘荡，石块下根系缠绵。当初，当地人播下一些树籽，让小树苗挤满天然花盆，花盆镶嵌在几块自然石块里，不同的习性，同一个环境，从偶然相遇到相互交缠，欣欣向荣，实在罕见，这正是龙山人团结奋斗的真实写照。

这里的一切，是这般欢快无忧，令人放下疲惫，观赏蝴蝶翩翩起舞，龙山顶云卷云舒，“无名树”相亲相爱。敬意油然而生。昨夜的梦很温馨，就连微笑都插上翅膀，飞到龙山。我梦见自己给“无名树”起了个名字，叫“连心树”！驱车龙山，一马平川；樱桃挂果，俏皮可爱；丹皮呢喃，风儿缠绵；山鸡高歌，天已大白。望夏阳喷薄，云霞满天；湖光山色，尽染其中；影在流动，心儿舒畅。幸福的感觉充满柔情，好久不曾如此惬意地做梦了！

龙山村是我国“凤丹”的重要产地。龙山因有了丹皮花的陪衬而更加惊艳。丹皮花期不长，短到只可以开十天，每年的四月开花，漫山遍野的药用白花，就像一个个花神，惹得蜜蜂忙进忙出。私下问白色芍药花与丹皮花，是否为同一种花，结果有人肯定地告诉我：“丹皮先开牡丹来，牡丹谢幕芍药开。”龙山每个季节每个月都会有不同的花卉景观，让人月月有惊喜。

倘若不赶时间，还可以到龙山学院去逛逛。龙山学院的前身是“双龙蚕室”，已有几百年历史，其养蚕场景是值得记录的景观。由于龙山适应养育各种中药材，同时能推动美好乡村旅游建设，龙山村决定在学院里设立中药材展销及培训中心。全村人把丹皮、山茱萸、白芨等中药材当作宝，保护好、发掘好、发展好、传承好。“实现梦想靠一个人是不行的，要靠一群人、一代人甚至几代人。”这是龙山人的宝贵经验。

一条鱼跳出静谧的“南陵湖”。夏风迈着方步，吹开一圈圈波纹，让人看一眼就感觉被清凉紧紧包围。置身于湖边，每一个角度的风景都值得纪念，时时有眼花缭乱之感。我最喜欢湖边的那一棵柳树和一蓬细竹：细细柳条，随时抚摸额角；竹叶触手可及，确实很撩人。湖水倒影，风姿绰约，一声鸟鸣划破一片宁静。树林过滤了阳光的炽烈，阳光为绿叶染上了金边，生命妙不可言。

一路收集着碰落的语言，循声跟随路牌穿梭，无意中看见形状奇怪的石头。如果你喜欢收集石头，那么你是来对地方了。村西北有龙井暗河，宛如山水画，随时一抬头，说不定眼前一块石头就是惟妙惟肖的一个动物造型，令人喜悦。

“张氏宗祠”是龙山的一大看点。历史上的“张氏宗祠”，建于清朝年间，是一处坐南朝北的砖木结构建筑，建筑面积达500平方米，由前厅、东西厢房、厅堂、天井、厨房组成，做工精致，大门处还立有完整的石鼓一对，雕刻的山水人物无不展现出匠人高超的工艺水平。大厅内、门楣上，挂有“德耀千秋”牌匾。斗转星移，如今苔藓已爬满宗祠的天井，石缝间的野草在夏风中摇曳。漫步走廊，好想取龙井暗河之水泡上一壶茶，约三五好友闲聊，吟两三句诗，好好体会一下文人雅士自在惬意的生活。

初夏的龙山，陪伴在房前屋后的葫芦藤，挂满了果实，被阵阵山风吹得摇来晃去。葫芦鲜嫩时可作为蔬菜食用，待其变老变黄，成熟了，摘下晒干，外皮涂上漆，就可以做成舀水的“葫芦瓢”，也可以盛放东西。不知是否可以做成葫芦丝？

当然，来龙山，必须尝一尝特色美味——龙山鸡。只需几片老姜，简单烹饪，独有的醇香马上四溢。这里的农家乐主人热情好客，菜肴味美，品尝后令人回味无穷。

跟着暖风游奎湖

从接到“美丽乡村文化调研”采风通知起，那生机勃勃的田野、绿意盎然的层林、悠远而又含蓄的花香、委婉秀丽的奎湖水，无时无刻不在唤醒我内心的蠢蠢欲动。周五早晨，循着这个美梦，我们直奔奎湖，终于来到令我魂牵梦绕的万亩水乡。

快艇载着我们，一会穿湖疾飞，一会悠悠慢行。未曾想朝思暮想的奎湖，最令我不平静的是快艇开到荷花墩之时。那一望无际的荷叶，令一湖清水光鲜无比。有的浮在水面上，有的出水相当高，有的打着卷儿似乎在睡觉，有些荷叶像绿色的裙子在摇曳，有些荷叶像玉盘那么圆，有些荷叶又尖又长。我突发奇想：这个尖尖长长的荷叶，是不是被夏风长出的巨手，硬生生拉出了脑袋？它们各具特色的姿态，迫使我这颗不成熟的心，居然幻想出自己就是那一朵最先含苞待放的荷花，在微风中轻柔地舞动，婀娜多姿，逗引着红色的蜻蜓慢着落、频接吻。

漂行在别具风情的浩荡湖面上，总想在“接天莲叶无穷碧”的陪伴下，追寻时任春谷长的周瑜，在此如何训练水师；总想听一听岸边传来金戈铁马的嘶鸣声，好想端杯香茶，递给正在指挥千军万马的周瑜；总想在明月清辉下，去探觅才貌双全的周瑜与天姿国色的小乔，他们柔情浪漫。湖面的波纹，见证着流传已久的“周瑜打黄盖——一个愿打一个愿挨”的典故；洒一碗清酒，告慰沉睡在水乡里的黄盖英魂。还想知道，分列湖中的荷花墩、栖鹭墩、芰荷墩、莼墩、龟嘴墩、龙墩、鱼墩，它们分别对应天上哪些星星呢？还想在倒流的光阴里，目睹“诗仙”李白面对浩荡湖水开怀畅饮把盏赋诗的模样。

透过清澈的湖水，可以看见湖底绿茵茵的水草，茂盛得像厚厚的地毯。一望无际的湖面上，远处的“腰子盆”在水面上越来越近，那是一个妇人在打捞漂浮在水面上的菱角菜，满满一大盆，在湖心晃晃悠悠。天空中漂浮的白云，向四周闲逛，倒映在水中，仿佛是鱼儿游在白云间。

静静赏湖，奎湖给我的印象是不俗、不媚、不浓、不淡，有主见。自然景观、人文景观、奎湖诗苑、体育之乡，是奎湖的四大特色。湖上有新建的六座大桥，其中最长的那座，是连接奎潭湖的，就在荷花墩旁边。奎湖，一湖有九十九汊，七墩有六段，计划六段改造五条道路，每条路都有自己的特色，利用色彩、花纹进行区别。

正如每一个来奎湖的人都要吃“漂鱼”一样，老字号的“奎湖漂鱼”制作一般秘而不宣，问急了，老总就说了这么8个字：“取材、制作、调料、加工。”他还补充说：“过去能吃到漂鱼是很奢侈的！奎湖鱼奎湖水，离了奎湖就变鬼。”意思是说，只有用奎湖水做出的“奎湖漂鱼”才会有特色。老总保证，一年四季，都可以在他的“老字号”吃到刚出锅的“漂鱼”，还有糯米藕。

一位老领导，一而再、再而三地说，你们来的不是时候，要是过几个月来，你们会发现湖面上突然涌出大片的野鸭群，公园内四处都有鸟儿飞来飞去。听他一番话，我突然走神了，眼睛分明看见湖中野鸭成群，时而嬉闹捕食，时而埋头小憩，时而引颈高歌，时而腾空飞起，一对对在这里谈情说爱，俨然活灵活现的野鸭恩爱图。“春江水暖鸭先知”，野鸭还是没来，我怅然若失。

张真在《奎湖泛虚亭》中说：“万虑澄澄无一物，天空海阔九秋霞。”清人强立作《奎湖赋》，淋漓尽致地展现奎湖的静与美：“点染风光，隐逸休夸太白；绘图烟景，优游不让范蠡。”奎湖，作为历史悠久的古老商埠，经过当代人的重建，如今是“墩上花木丛生，墩下湖水相连，汉口六桥相接，居住四季宜人”，成了芜湖的“后花园”。

烟雨海井，如诗如画

前年，我承诺："海井，明年，我还会再来！"这真是一个漫长的等待！整整隔了600天，我终于重逢了居于南陵一隅的烟墩海井村，一见面大声问候一句："端午到了，您好吗？"

海井村的吉盛农场，用梅雨中雾漫仙境般的美景，用林木苍翠、风景独好的闲适，用一股夏日里难得的清凉，扑面回答了我的问候。

还是不破坏、不雕琢、不收费，农家自然的朴素风韵，不自觉地为海井村平添一层气度。淡然的景区态度，一切景观依旧保留最原始的状态。以最美生态农产品出名的吉盛农场，走过路过都是景，移步举目皆为画。

进入海井，有一条被我称为“红地毯”的水泥路，两旁种满了松树、樟树、株树、水杉，还有迎面一望无际的茶园。从山顶俯瞰，四周山峦叠翠，烟雨缭绕。山有多高，水有多长。雨水顺着山坡，绕着茶树，顺势矜持而下，错落连绵的山茶地倒映在山窝那面如同镜子般的水库里，绿得鲜亮。

冷不丁，遇到一少妇带着一小孩，衣着时尚，开着车迎面徐徐驶来，人与车仿佛是绣在山茶间这条绿色长裙上的生动卡通画。

我们继续前行，沿途空气清新，一股股清爽的气息从山间散发出来，好像误入仙境，每一处都是画。有些地方有些窄，“山重水复疑无路，柳暗花明又一村”，我是彻底被“俘虏”了。

海井以前就是荒瘠山坡，待在深闺，近年来村民活跃起来，建成白茶基地，“山有层林多碧秀，田无一亩不菊黄”，才有“采菊东篱下，悠然见南山”这令人神往的世界。今天的精致和悠闲，其实本来就深藏在缓缓流淌的山泉里，云海、森林、花田、有机稻、有机菜，一切都是那么温婉大气，俨然是泼墨山水画，它无意张扬，逐步把古意浓郁的海井村打造成具有特色鲜明的乡村文化旅游村。

说到海井古意浓郁，似乎这是一个一晃眼就能穿越到800年前的村庄。这里曾经有宋时的古宅、清时的建筑，亭台、祠庙、古树，无不彰显出人文底蕴的深厚。传说这里曾经住着汪、梅两个大家族，出有三品大官在内的多名官员，总之，文官武将代代有。若是不相信，到村里随便走一走，说不定就能缓缓地呼吸到某个地方的历史余味。

不谋万世者，不足谋一时；不谋全局者，不足谋一域。中国人自古就有养鸡的传统，吉盛农场今年引进“三色鸡”“芦花鸡”，建起“吉盛鸡场”。陶渊明的“鸡鸣桑树颠”和温庭筠的“鸡声茅店月”，在这里都可以成为现实。孟浩然在《过故人庄》说：“故人具鸡黍，邀我至田家。”梅雨时节，雨也温润，景也温润，情也温润，一不小心我们就成了吉盛农场的座上宾，尽情品尝品尝“鸡黍”。一份蜜枣炖土鸡，那嚼劲和口感，劲道又滑溜，热汤在火炉加温作用下，散发着香味，弥漫一屋。一份红烧鸡，用枣红色锅子盛着，酥烂，喷香，味道鲜咸微甜。手捧鸡腿慢慢品味，那来自大自然的味道，厚积于舌根，酝酿于五脏，深入六腑。

赞美之时，有人建议“直播带货”，建造网上“海井吉盛农场一条龙集市”，将海井自制的米面、笋干、土鸡蛋、土鸡、菊花、红薯等土特产摆摊。从某种程度上来说，美好的乡村生活可以真正“链接”“原生态发烧友”，共生共荣，持续发展。

说到“原生态”，我这个“城里人”，真想来海井养老，想到这个，我不禁哑然失笑。幻想在这里，有“数间茅屋闲临水，窄衫短帽垂杨里”，大家互助养老，每户还有一座可以享尽岁月之美的院子，庭院不在大小，够我“折腾”即可。庭中植一株树，精心呵护各类盆栽，偶尔浇浇水，它们就会在门前院后自成一派小天地。在穹顶辉映下，在山林掩映中，在可坐可卧的竹床上，看“绿树村边合，青山郭外斜”。

生活的情调何止于眼前？更妙的是我想出另一个浪漫。

在靠近菊花地的山腰处，建一排茅草屋，练练书法，嗑嗑瓜子，不慌不忙过过小日子。在倚靠茅草屋的浓荫下，就地取材，来一个竹亭、几把竹椅，任他刮风下雨，都不用搬来搬去，哪怕就摆一套餐桌，先来者先得。若能约上三两好友，这就是私人定制的“随心而悦”，在苔藓丛的泥土味里，晚餐继续“开轩面场圃，把酒话桑麻”。

这里的原生态乡村生活，春夏秋冬，日出而作，日落而息，就是自然，就是吸引我的诱因，让我念念不忘，“待到重阳日，还来就菊花”！

行走在桂镇那片土地上

“桂镇”就是南陵县工山镇。自古以来，桂镇就守着笔架山。笔架山拔地而起，峭壁遗世独立，三个凸出的山峰几乎成九十度垂直，右边相连的两个山峰，峰顶至峰下近二百米几乎无植物，绝岩耸壑，峰陡路险，是户外速降训练的天然场所。那山峰好似虔诚的孝子在跪拜，桂镇人把此山又叫磕头山，头都磕破了，因此又叫“破头山”，谐音则成了“蝌蚪山”。无论哪种叫法，都表达了当地人崇尚孝道的善良品质。

悠闲地在停车场草坪散步，几个文友即兴低头抽起几根肥美的狗尾巴青草，晶莹的雨珠在叶面穗头欢呼雀跃，压弯了它们的颈椎，就像一个个害羞的小姑娘低垂着头。我接过文友递给我的狗尾巴草，心里充满了欢乐。遍地都是狗尾巴草，生命力极其旺盛，别有一番风采。

桂镇水库有上、中、下三个干渠，如往常一样，欢唱于各自渠道里。堤岸边不变姿态的紫薇，枝含夏露正芳荣，串串红唇飞吻着一片片油绿。稍远处，茶叶长得繁盛，毛竹长得茁壮，绿树长得茂密。当地人正在生态上大做文章，将享有“九华再现、黄山缩影”美称的笔架山等景点推出来，让生活在这片土地上的人们更加富裕。

桂镇老茶园依山而建，形成撩人的风景。置身于老茶园，漫山郁郁葱葱，远山巍峨，茶园起伏，风韵天成。一垄垄六十多年的老茶树，被太阳晒久了的皮肤裹不住苍凉的筋骨，枝条颇有沧桑感，吐翠含笑。那一片片叶脉里，凝聚了桂镇几代人的柔情。

走遍美丽的家乡，领略绮丽的风景，我常以为自己懂很多，但是当遇到未知的东西时，才发现自己孤陋寡闻。桂镇就有许多老故事，如狗尾巴草的传说，千年古刹九十九间半房的故事，古井水酿酒、龙王告别、仙人到访等一大堆传说，还有老油坊的故事，代代相传，都是我闻所未闻，首次听说。

古井如画，一棵巨大的树冠覆盖了井的上空，叶子幽青。我们在井边坐下，喝喝桂镇的茶水，听听桂镇人担古井水酿米酒唱的小调，任凭漫天绿意扑面而来，任凭花海醉了眼睛，任凭涟漪在心中泛起。我发现，陶渊明笔下的“桃花源”，其实正在我的脚下，就在桂镇这一片神奇的土地上。

思念弋江河

三月的春风吹来了故乡的一幅画，画中有那条奔流不息的青弋江。青弋江流过弋江镇，我们那里就称这一段河叫弋江河。弋江河的两边有我熟悉的一砖一瓦、一草一木、一街一巷。这是一条流过春夏秋冬无尽岁月的河，也是一条装满故事的河。

记忆中的弋江镇，是繁华而喧闹的。1970年冬，我母亲调到弋江邮电局工作，次年春我转入当年叫弋江二中的学校就读。记忆中，家门口乃至整条街道全是小商贩，商家一家挨一家，买菜的、卖菜的、过路的，熙熙攘攘，早晨上学一出家门就陷入拥挤堵塞中。

那时的黄心菜是一角钱买两斤。街上的鱼特别多，我打小就极喜食鱼，为此舅舅送我一个雅号："鱼老鹰。"不知是雅号的作用，还是自己实在馋，只要外婆两天未买鱼进门，哪怕是下午放学回家，我也会在河边等着放鱼鹰的小划子船靠岸，拽着外婆买鱼回来。后来放鱼鹰的老人经常自己送鱼来，大概是专门给我留着的。

有条古老的街道，叫汤蓬街，古色古香，与弋江河的河道大致平行。汤蓬街就这样枕河而居，位于古镇的首端，当地人称上街头。这条街道的每个门楼、每块石板，都记录着历史变迁、文化沉淀的烙印，一任岁月流淌，默默注视着古镇的发展变化。

我读高中时，喜欢到一同学家玩，她家大门就对着汤蓬街，后门打开就是河埂。逐级而下，只见河水清澈见底，沿着河埂大石头片砌成的护坡，走走停停，吹吹风，看看河对面文昌那大片大片的沙滩，沙滩背后那一望无垠的竹海，尽可以极目远眺，眼前就是一幅天然的水墨画。遥想晚唐杜牧惊羡钟灵毓秀、物华天宝的弋江古镇，留下"九华山上云遮寺，清弋江村柳拂桥”的不朽诗句，可能与柳拂桥有关的那块“柳拂庵”碑石至今犹存。

弋江河，一年到头从不断流，主妇们就有了洗衣物的固定场所。记得才到弋江时，我最喜欢跟着妈妈到河边玩，也帮妈妈拎个小竹篮什么的。洗的衣服多的时候，我会协助妈妈把被单之类晾晒在河堤的石块上，妈妈会顺手在河里摸几个干干净净的小石头压在被单的四角，以防风吹。

端午节的赛龙舟，是弋江河最热闹的时候。河岸上是人山人海，大桥上也是水泄不通。那些用红、白、绿、黄、蓝等不同颜色装扮的队员，分别代表不同的队。发令枪一响，锣鼓齐鸣，几艘龙船一下就窜出老远，船后溅起一道道白浪。水在动，船在飞；万桨挥，箭难追。

进入梅雨季节，阴雨、小雨、大雨不断，山上的雨水从四面八方奔向弋江河，加上陈村水库不得已的泄洪，温顺的弋江大河就变得桀骜不驯了。房前屋后都成了汪洋，河床里外都是黄水滔滔，满眼波涛翻滚。洪水来时一路咆哮，上游冲下来的树木、青禾、动物、家用杂物随波逐流，争先恐后向低洼处奔去，我至今心有余悸。

汛期结束，是盛夏开始之时。竹排成片成片地在弋江河码头停靠，我忍不住会踏上竹排洗个碗什么的，即使不洗衣物，傍晚也会在竹排上遛遛，从这头到那头，从这排走到那排，或把手中早已准备好的小瓦片在河面上打水漂，或透过毛竹之间的缝隙看河水里游动的小鱼。安静的时候，坐在竹排上，将双脚悄悄地置于水里，会有一群群小鱼来啄我的腿脚。

故乡情，隐匿于内心最深处。今夜若能梦回弋江河，我要再坐到竹排上戏水，一点点拾掇童年的欢乐，梦里会笑醒的。

又闻孔村艾草香

初夏，风轻云淡，翠色映天。艾蒿，在水一方，是五月温婉柔美的女子，幽幽的清香氤氲在已经泛黄的诗卷里，其穿透力极强，从衣袂飘飘士大夫的《诗经》里，从田头地角那旷野里飘然而至，为了奔赴一场与粽子的约会，为了与夏公子来一次清欢，为了照拂千家万户。

那些远去的乡情，在艾草飘香的时节里一一浮现。先生老家在三里下街头，拉开祖居后院大门就是孔村一片片的稻田。我们自己最早住在三里上街头政府二楼的会议室里。每当打开朝东朝南的一扇扇窗户，田野里那些深深浅浅的绿，就一股脑跃入眼帘。随着秧苗蹒跚地舞蹈，麦穗带着饱满的激情垂首之时，总有一股透着中药味的清香，缓缓侵入我的鼻翼，深深吸一口，再吸一口，全是丝丝缕缕的馨香。我不由自主地迈腿下楼，顶着灿烂的阳光，踩着斑驳的树影，绕过院墙，寻香，再寻香，那香就在院墙田埂处，一簇又一簇，是深绿色艾草，原来在这里静静地开启着芳香，翻过墙头，伸到我的窗口，铺满整个陋室。

五月莺歌燕舞日，又到艾叶飘香时。我知道，此刻我怀念的不只是艾叶的清香、屈原的豪气和岁月的流逝，我感叹的是自己真正的愉悦之情，源自对故居的牵挂，是对孔村那方土地的真情。

我在三里搬过三次家，新住处、老住处出门都是坡坡道道，两旁的庄稼高高低低，或成行或成片，全是田野或菜园，出门就是土路。眼里看到的是风吹叶动，光照雨淋。大大小小的地块，很快镶嵌了土井、茶树、林场、木材加工厂、草帽厂、箱包厂、草席厂、针织厂、小学、中学……所有这一切，构成孔村不可或缺的部分。孔村最大的特点，无论是田间埂边，还是菜园路边，大凡有旮旯空地，就一定有艾草如同卫士般站立其中。孔村的土地，在五月的艾蒿点缀下，流翠多姿。

民谚曰："清明插柳，端午插艾。"又曰："家有三年艾，郎中不用来。"艾草作为医草，有自己的功能，也有自己的情感。她有着明确的生活态度，不随波逐流开艳花，只把爱意刻进一片片叶脉里。叶片飘出来的温馨之香，浓烈而不失大方，欢快而不失淋漓。艾为谁而香？应该说是为了端午。孔村，茂密的山林里，摇曳的睡莲旁，盛开的五月花附近，还有那房前屋后，都被艾草香萦绕着。

最让我惊异的是，浩瀚而幽静的孔村大湾塘水库，旁边也有茂密的艾草丛。青山倒映水中，野鸭三五成群游在水面，水中哺育着为数稀少的野生扬子鳄，而艾草在这里蔓延，笑语嫣然，馨香越发浓郁，何等惬意！

五月的孔村，一花一木，一虫一鸟，一山一水，都是一首首缱绻的词、朦胧的诗。我愿踏香依偎到孔村的臂弯里，再闻鸟语艾香。在凉爽宜人的早晨，骑上我心爱的自行车，穿梭在温柔的山风里。用我那飘、柔、轻的葫芦丝的旋律，陪伴幽香的艾蒿，为孔村吹一曲赞歌。

久违了，孔村！久违了，艾香！如今都市里难以寻到你纯朴的模样，很难闻到带有野味的艾香。我只好在西子湖畔，边走边忆，抬头一看，肥长翠绿的艾叶，像是唐朝丰腴的仕女，沾满熟悉的清香，正在顾盼生辉呢。

我和黄墓有个约会

提起黄墓，让我首先想到的是豆腐、干子、酱菜。我从未把黄墓的传统美食，和特殊的地理位置、传说中的东吴名将黄盖、丰富的民俗活动、古老的东吴建筑艺术相联系。未曾想，一个不可多得的机会来了，我们来到黄墓，品尝满满一大桌美味，而且享受了一顿精神大餐。

一路花红柳绿，春风拂面。我们穿行在怒放的桃林中，人借花娇，花依人俏。一呼一吸全是花的芬芳，春的蓬勃生气就这样随着花香渗入体内，传向四肢，好像我正沐浴在一场桃花雨里。这里三面环水，节奏舒缓，似曾相识的风景让我绞尽脑汁，然后拍着脑门欣然想起：我不正走进罗贯中笔下、大家耳熟能详的“桃园三结义”里了吗？

伴着璀璨光芒映入眼帘的桃园三兄弟，难道他们就在这开满桃花的地方结了义？那一脸义气深重的，一定是关羽；那遍身豪爽粗直的，一定是张飞；那满脸仁义慈祥的，一定是爱民的刘备。三兄弟，三跪拜，举杯推盏，不醉不罢休。从古到今，多少江湖义气，英雄豪情，尽在一壶好酒中。结义只是一个形式，他们那同心同德、救国救民的故事，流传了一辈又一辈。

走在鱼儿不时跳出水面泛起涟漪的九曲桥上，步入处处碰壁的八卦阵而迷途难返时，那就不管乾、坤、震、巽、坎、离、艮、兑八卦排列的方阵，我索性横冲直撞。反正这里又没有罗贯中所描写的那股神奇的威力，《三国演义》里那个八卦阵进去了就会飞沙走石、天地变色，而这里仰头看到的依然是蓝天白云，闻到的依然是鸟语花香。所谓神怪阵法，诱敌歼灭，说不定是文人根据小说的需要而创设出来的呢。

我们在“黄墓渡”汉风门楼前，用镜头留下了写有篆书

“黄墓渡”的记忆。走在灰墙翘角、具有防火功能建筑的那条老街，踏着年迈的青石板路面，我分明看见屋檐下那些被滴穿的大大小小的酒窝。重新粉刷过的老墙，依稀能辨别斑驳的底层，犹如老妇人抹上了厚厚的脂粉。老街没有我孩童时听说的那般繁华，听说，如今的年轻人都出去寻找自己的梦想，只剩下村里的老人，守着这座老街、老渡口、老漳河、老房子，人和物都是显得那么老态龙钟的样子。我看见老街里的粮站办公楼，几次想推开那半遮半掩的老门，一探里面过去的辉煌世界，但终究止于那暗沉半朽的门，止于那风烛残年的楼。

从粮站操场后面拾级而上，就是与老街并行的漳河大堤。大堤护着河，“柳叶乱飘千尺雨，桃花斜带一路烟”。站在古渡口，我仿佛看见了行商坐贾、南来北往的客。极目远眺，依稀可见黄盖的大军，影影绰绰地安营扎寨，隐隐约约传来黄盖操练水军的口令，时时刻刻掠过战马的嘶鸣。

黄墓渡因三国东吴战将黄盖殁后葬于此地而得名。岁月流逝，区划变迁，这片土地一直就叫黄墓渡。陈列馆里的冷兵器，文物所立下的“黄盖墓”标志碑，我不予考证，乡里坊间口口相传“黄墓干子”的故事，激起我的兴趣。

相传东吴名将黄盖和手下几位谋士相谈甚欢，在黄盖的提议下，来一顿“豆腐香干宴”，其间的“椿芽拌干子”令他大快朵颐。席间，黄盖念叨水军每日操练之辛劳，传令乡民立即生产大量干子以慰劳水军。士气很快大振，黄盖满心欢愉，传令把这里的干子编入军需物资之列。士兵回家探亲，都以干子为礼品馈赠父老乡亲。从此，“黄墓干子”美名远扬，成为百姓餐桌上的美味。

黄墓干子外表犹如加了香油的老红糖，生发出特别的光泽，没有布纹的印迹；里面细腻，柔韧，有嚼劲；四个棱角，方中带圆；即食味美，也可切丁切块切条，可炒可煮可烤；绝对不散不变形。黄墓干子的口味，纯正香醇且回味绵长，绝无豆腥寡淡之味，越咀嚼越香甜。经过一代又一代的研制，黄墓的豆制品已经繁衍成一个庞大的系列了：香干、豆腐、豆皮、千张，豆腐乳、臭干子、霉豆渣、豆酱瓣，品种繁多，不一而足。

黄墓干子作为地方风味小吃，并非是养在黄墓人未识，而是墙内开花墙外香。二十世纪七八十年代，谁家买了黄墓的豆制品年货、酱制品小菜，谁家收到了这样的礼品，足以让一条街的邻居羡慕。近年来，“黄墓干子”列入县里发展经济的独特产品。独特的“三国”背景故事，独特的漳河之水，独特的秘传工艺，为其破茧成蝶之势铺垫了独有的条件。

周瑜打黄盖，周瑜的智谋和黄盖的忠勇，感动了一代又一代人。这里的桃花朵朵香，这里的干子块块香，不知道是桃花香染了干子香，还是干子香盖过桃花香，一切令我心动，让我思绪冉冉。黄墓，黄墓渡，真是一个朴实而又传奇的地方。待桃花再开蝴蝶飞，我一定再来细细品尝“黄墓干子”。

弋江古镇华丽转身

我站在春天的路口，持一束馨香的鲜花，揣一份温婉安恬，用一颗崇敬的心，仰望鲜红的党旗，用激情和祝愿来发酵，酝酿出《党啊亲爱的党》所具备的歌喉。翻过高山，越过平原；千家万户，热切和声；天南地北，男腔女调；相互交织，歌唱幸福。歌声，将中国共产党百岁生日的旋律，激荡在中华大地，铭刻在人们心中。

历史让我回味，未来令我期待。一代又一代共产党人，前赴后继，矢志不渝，感恩的笔尖流淌出一首首赞歌。1921年，因为您的诞生，7月1日便成了最美丽的日子。恰逢百年庆典，看红船上空，飘来一朵朵祥云，我心里的美好，又从心底浮起，幸福感油然而生。

回望百年路程，犹如神奇的纪录片。时间为证，画面为证，笑声为证，万种风情娓娓道来。那条充满记忆的小河，就是来自我的故乡。

从古至今，宽阔的江水里，激荡着弋江老街的风雅。清澈见底的河水，映衬着人与自然的世代交好，也映衬着与日月同辉的英雄名号。南陵蒲桥抗日游击队在这里建立、发展、壮大，为新四军的军事任务和后勤工作做过重大贡献。

不忘初心，继续前进，弋江人一直牢牢记在心里。

经济建设时期，占滩养殖，乱捞河沙，乱排污水，违法倾倒，这些不良行为，使水清岸绿的弋江镇，伤痛阵阵。“五十年代淘米惹虾，六十年代河鱼做菜，七十年代游泳痛快，八十年代水质变坏，九十年代风光不再”，美丽的弋江河，和所有被污染的河流一样，在绝望中渴望，保持着奢望。

风一程，雨一程，风雨兼程，防汛的大坝上，处处弥漫着洪水肆虐留下的伤痕，年复一年，牵动千家万户的心。大写在党旗下的治理之歌，唱在大街小巷，响在百姓心中："全民总动员，环境大整治"，爱护自然环境，共建生态家园，是每个公民义不容辞的责任，是党和政府领头的攻坚战，没退路，只能赢。

一天又一天，一月又一月，一年又一年，投资再大一点，速度再快一点，力度再大一点，一要掐断注入弋江河道的污水，二要坚持雨水污水分流。

河堤边原有的小作坊，完全拆除；将河堤加固、美化；靠近河岸的企业，生产污水必须自行治理；人们的生活污水，统一由集镇的污水处理池处理后排放。有埋怨，但是更多的是理解，同时带着浓浓的期待。清澈美丽的弋江春水回归，对弋江人来说，这种幸福感是无与伦比的。

那一天，拆除1969年建成的老大桥桥头。一声清脆的口令，一道尖锐的爆破声，弋江河面掀起一片涟漪，数分钟后，水面恢复平静，波光粼粼，好似什么都没有发生过。

那一天，蜡梅花开，花下聚集了水泄不通的人，大家陶醉在暗香之中，分享着2020年1月1日新大桥正式通行的快乐。新大桥辉煌庄严，格外美丽，连附近的空气都无比新鲜，让人惊叹。

如今，古镇新桥是大家闲暇时最乐意去散步的地方，也是慰藉心灵的好地方。桥头古镇美食丰富，吃客云集。新桥将热闹与清净平衡得恰到好处。

弋江河水清又甜，弋江古镇换新颜。我当然写不出杜牧留下的“九华山上云遮寺，清弋江村柳拂桥”千古之句；我这个会计，愿意用实在而真诚的数字，记下这样的佳绩：1645户全部脱贫，招商项目近20个，投资总额正向15亿元人民币迈进。

弋江人，在新时代，凭初心、凭坚持、凭努力，赢来累累硕果。我内心澎湃，骄傲感直线上升。从老街“一人巷”吹来一股股暖暖的风，夹杂着紫云英的馥郁。竹声起伏，那是继续振兴古镇的回音。

后　记

这本书大部分文章是我2016年以来创作的。少数几篇是我“新浪博客”上的作品，以示纪念。

它们得以结集出版，首先感谢南陵县委宣传部的支持，感谢县文联主席、作协主席罗光成先生的鼓励。罗主席作的序，饱含对我们浓浓的真情。当然，我要重重感谢我的启蒙老师——夏克震、汪友娣夫妇，长期以来他们疼我、爱我、教我、护我，我们一直以家人相处。我还要感谢冯小木先生、章庆贵先生帮我拍摄的作品。

记得2012年4月，到台湾旅游8天，我将所见所闻用自已习惯的方式记下来，我的先生挺得意我的8篇“大作”，悄悄打印给夏老师看。从这天起，夏老师一见到我就问：最近有哪些心得体会？到2016年，夏老师将出书这个话题多次提出。我一直在“出与不出”之中犹豫，每每得到夏老师的鼓励我就蠢蠢欲动，之后因为各种原因还是退缩了。时至今日，我的第一本书，我取名叫《乐玲玉缘》，终于要出版了。我认为，这是迈向美好明天的开端。

我要“感谢”一下自己这些年所受的磨难。2015年之前的“毛毛雨”，时间久了，早已不足挂齿。2015年3月做心脏支架，2016年6月胃息肉摘除，都不是啥大事。2017年年底肺癌，倒是有点考验我。不过，我没有因为“癌”的裹挟而畏惧，也没有因为他人的欺辱而瑟缩。那日，我躺在病床上，对放置床头的玉饰突发感想。我身上布满长短不一的皮管，无法坐在书桌前，就将手机调到自己喜欢的界面，小心翼翼、一字一字抠出了《乐玲玉缘》那篇文章。那是一次对玉与自己的重新认识，今天可供大家慢慢品味。

对我来说，出书无关名利，我只是源于大家的鼓励，出自内心的感恩，多年积累，自然而然。虽然如此，但是，出版一本书的苦与乐，不是三言两语就能说完的。就比如我感恩到现在，还没有感谢我的家人。这本书，三十多篇文章，还没有一篇专门为我的爱人、我的孩子、我的孙子所写，其实，说起我要出书，他们比我还要高兴。我也曾想写写他们，但我怕我的文字写不出他们的优秀，在我的眼里，他们每个人都比同龄人优秀，优秀数百倍。此刻，我只想悄悄地说，我今天能笑得潇洒，活得尽兴，关键的动力，是来自亲人纯纯的爱！

陶渊明曾说："昔欲居南村，非为卜其宅。闻多素心人，乐与数晨夕。"他想移居南村，不是为了要挑什么好宅院，而是听说这里住着许多纯朴的人，愿意同他们度过每一个早晚。因为此书稿，我感谢安徽师范大学出版社相关人员这几个月的辛勤付出。谨以此书，愿与有缘人共度一段美妙的时光。

汪乐玲

二〇二一年十一月二十三日

编　后

《乐玲玉缘》付印在即，作者嘱咐我写几句话。美丽的花、美丽的草，美丽的书房，美丽的青弋江，当中弥漫着美好的情愫，寄托着美好的情操，都被作者尽善尽美地描述了，写作之美，读者翻书即见。想来想去，我就畅谈一下“出版之美”吧。

出书的过程，涉及编审校，版面、封面设计，排版、印刷，等等，整个流程下来，作者往往才恍然大悟：原来出版社不是印刷厂啊！一本书的出版，首先要对作者及其文稿进行判断，达成认可之后，出版社工作人员要考虑：内容尽可能精练，形式尽可能创新，但凡有差错，那都是责任编辑的错。因为“责任”二字，编辑需要与作者交流改稿，有的作者心存不快，有的则勃然大怒，而《乐玲玉缘》这本书，作者放手写，编辑放胆改，如果读者觉得这本书字句通顺而又情真意切，文采飞扬而又妙思叠现，那就证明作者与编辑交流极其愉快。作者认可了编辑，“相看两不厌”，这大概就是出版之第一个“美”吧。

新书之发行，出版社当然线上铺货、线下吆喝，而各大新华书店有售，国家图书馆收藏，大中小学图书馆和各省市县图书馆采购，也可能跻身农家书屋目录；作者窃喜，家人欢喜，亲朋好友来贺喜，熟悉的人喜气洋洋，而陌生的读者翻书则喜。作者的作品在读者心里“复活”，每销售一册，作者就多了一位读者，销售几百册，则多了几百位“知心人”，数千册则数千位“知已”，而这样的“知我者”“懂我者”可以遍布全国各地。读者认可了作者，“天下谁人不识君”，这算得上出版之第二个“美”吧。

而更多的作者，想的是将自己人生的宝贵经验写进书里，晓喻孩子；若干年后，孙子想了解爷爷奶奶辈的事，可供查阅；再若干年后，书页发黄了，仍有人视若珍宝，时翻时新，常翻常新，依然有机会给人以启迪。传之子孙、以贻后世者，千万家产终究是过眼云烟，还有比写满自己人生经验的书更好的东西吗？作品实际上记录着作者的智慧、延续着作者的生命，“书比人长寿”，这应该是出版之第三个“美”吧。

当然，并非所有的书稿都能出版，而出版的书也并非都能够称得上“美”。《乐玲玉缘》能够出版，而且内容称得上“美”，加上改稿倍感愉快，我以为，这本书已经踏上“美”之大道了。我们期待着这本书产生更多的美。

潘　安

二〇二一年十一月二十四日